CW00879824

ET TE VOICI PERMISE À TOUT HOMME

Normalienne et agrégée de philosophie, Éliette Abécassis alterne romans intimistes (*La Répudiée, Mon père, Un heureux événement...*), thrillers (*Qumran, Le Trésor du Temple...*), sagas (*Sépharade*) et essais (*Petite métaphysique du meurtre, Le Livre des Passeurs, Le Corset invisible*). Elle collabore à différents journaux et écrit pour le cinéma.

ELIETTE ABÉCASSIS

Et te voici permise
à tout homme

ROMAN

ALBIN MICHEL

© Éditions Albin Michel, 2011.
ISBN : 978-2-253-17549-0 – 1ʳᵉ publication LGF

Au professeur Liliane Vana,
grâce à qui j'ai pu conquérir ma liberté.

1.

Je n'étais pas maquillée ce jour-là. Mes cheveux étaient retenus par une queue-de-cheval, je ne portais pas de lentilles, mais des lunettes qui cerclaient mes yeux de fer. J'avais davantage l'air d'une étudiante que d'une femme de trente-huit ans. J'étais penchée sur les revues spécialisées et les nouveaux ouvrages que je m'apprêtais à ranger, lorsque j'entendis une voix, ou plutôt la musique d'une voix, une mélodie douce et grave, d'une grande justesse, harmonieusement posée :

— Je cherche un livre, disait-elle. Un livre à offrir. Un livre qui ouvrirait une porte. Ou en fait, plusieurs livres. C'est pour quelqu'un qui n'y connaît pas grand-chose. Mais je vous dérange peut-être ?

Je levai les yeux. Grand de taille, l'homme portait une veste kaki sur un jean. Ses cheveux plutôt longs, tout comme la lueur d'amusement dans le regard, lui donnaient une apparence juvénile ; mais il devait avoir une quarantaine d'années. Il tenait un sac en cuir patiné qui semblait lourd et dont je ne découvris le contenu que plus tard.

— En fait, si vous avez du temps pour me donner un conseil, je voudrais acheter les publications qui vous semblent les plus importantes dans ce domaine.

9

Je l'accompagnai à travers les rayons. Je sentis son regard couler des livres à moi, de moi aux livres, alors qu'il écoutait ce que je lui disais avec attention. Je lui parlai de Léon Askénazi, dit « Manitou », grand maître de toute une génération de penseurs en France, qui avait ouvert la pensée juive à la philosophie et aux sciences humaines. J'évoquai Adin Steinsaltz, qui avait osé traduire le Talmud de l'araméen en hébreu, et la pensée juive en langage universel. Je lui présentai Emmanuel Levinas et ses leçons talmudiques, et insistai sur les *Bâtisseurs du temps* d'Abraham Heschel : il y montrait comment les juifs, qui n'avaient pas laissé de trace spatiale, ont été les architectes du temps, en le sanctifiant par le shabbat, comme une effraction spirituelle. Tous ces auteurs qui avaient exploré la dimension humaine du judaïsme me guidaient et donnaient un sens à ma vie. Il écouta mes explications avec attention, puis il partit, avec tous les ouvrages, et un sourire.

Sacha Steiner revint le lendemain, le surlendemain, presque tous les jours. Il était là : tous les chemins le ramenaient vers la librairie et, peu à peu, sans oser me l'avouer, je m'habituai à ses visites au point de les espérer, ou de le regretter lorsqu'il ne venait pas. Vêtu de vestes brunes ou kaki, de jeans et de baskets, affublé de son gros sac, il avait toujours l'air prêt à partir en voyage. De fait, il l'était : photographe pour des revues spécialisées, il était souvent absent de Paris. Il me troublait. La façon dont il posait ses yeux sur moi, l'intensité de son regard, sa détermination me touchaient, au plus profond de moi. Pas à pas, l'air de rien, il s'installa dans ma vie de libraire, entre les rayons de pensées juives et les livres de prières.

Un soir, juste avant la fermeture, il m'invita à prendre un café. Je refusai. Il m'invita encore. Je refusais toujours. Il insista, je finis par céder, et je le suivis au bistrot d'en face. C'est alors qu'il m'avoua qu'il avait gardé pour lui tous les ouvrages qu'il m'avait achetés. Il n'avait encore rien lu sur le judaïsme qu'il ne pratiquait pas, mais son fils préparait sa bar-mitsva dans une synagogue libérale et il voulait l'aider. Son ex-femme n'était pas juive. Fils de rescapés de la Shoah, il n'avait jamais été proche de la religion. À mon tour, je lui racontai ma vie. Moi aussi j'étais divorcée. J'avais une fille de huit ans. Sur le reste, je ne dis rien. Je ne pouvais pas en parler. Je ne trouvais pas les mots. J'en avais honte, comme si j'étais la complice d'un crime inavouable.

2.

Avant mon mariage, comme toute future épouse, j'ai reçu des cours sur les lois de la pureté familiale, par la femme du rabbin de notre communauté. Ce sont les lois de l'intimité conjugale que la mariée doit connaître avant l'union avec son époux. Un mari a des devoirs envers son épouse, ainsi qu'il est dit dans la Torah : « De sa nourriture, de son vêtement, de l'intimité conjugale, tu ne la priveras pas. » Les kabbalistes insistent pour que le couple soit nu au moment de l'étreinte et que rien ne fasse obstacle au contact des deux corps. Pour eux, le temps le plus favorable à l'intimité conjugale est la nuit de shabbat. Il est dit aussi dans les textes que « l'homme après l'amour doit rester dans la femme ou dans son lit afin qu'elle ne croie pas que l'amour s'est consumé ». Il est enseigné à tous les futurs époux que l'acte sexuel s'accomplit dans l'amour et non avec lassitude ou à contrecœur. L'homme doit embrasser sa femme au moment de l'union. Les kabbalistes écrivent qu'il doit l'embrasser sur la bouche, qu'il faut prolonger l'étreinte et concentrer sa pensée sur sa femme. L'époux a l'obligation de la satisfaire. S'il contrevient à cette loi, elle est en droit de demander le divorce.

J'ignorais alors combien ces lois étaient pertinentes. Je le découvris à mon insu. Hélas, mon mari n'était ni tendre ni affectueux avec moi. Avec lui, l'expression « devoir conjugal » prenait tout son sens : on aurait dit qu'il s'en débarrassait comme d'une corvée. Ou parfois, lorsqu'il buvait, il était joyeux : mais le cœur n'y était pas. De temps en temps, il faisait semblant d'être heureux pour montrer qu'il en était capable. Pour se justifier, il disait que je n'étais pas désirable, ou alors il exprimait une fatigue intense dès lors qu'il mettait les pieds dans notre lit, il s'endormait aussitôt et je restais, le vendredi soir, à regarder se consumer les bougies du shabbat.

Je suis née dans une famille de stricte observance, d'un père scribe et d'une mère très respectueuse des traditions. Notre père, dont le métier est de copier la Torah et d'écrire les contrats de mariage à la main, nous a enseigné les lois et leurs applications. Étant l'aînée de cinq frères et sœurs, j'ai appris très tôt les responsabilités des matriarches, les courses, les repas, l'éducation dans une maison où ne régnait jamais le silence mais toujours l'exigence. Dans ma famille, on ne pensait ni à la séparation ni au divorce. C'est sans doute la raison pour laquelle, pendant longtemps, je n'arrivai pas à mettre des mots sur mon malaise. Je combattis avec moi-même, avant de savoir si je devais sauver ma vie de femme ou bien celle d'épouse et de mère, et pourquoi ces rôles étaient aussi incompatibles. Était-ce là notre punition ? On parle souvent de la malédiction de la femme après qu'elle a été chassée

du jardin d'Éden : « Tu accoucheras dans la douleur. »
Mais on oublie toujours qu'elle est accompagnée
d'une deuxième malédiction : « Tu seras en manque
de ton homme, et celui-ci te dominera. » C'était ma
destinée et, pourtant, je ne pouvais m'y résoudre. Parfois je me résignais, parfois je me révoltais. J'appré-
hendais le vendredi soir, où nous nous retrouvions en
famille. Pour oublier, je vidais la coupe de vin bénit
du shabbat. Je pouvais ainsi m'assoupir, à ses côtés –
seule.

3.

Sacha et moi devînmes liés par une amitié née d'un mélange de séduction et de discussions à bâtons rompus, qui pouvaient durer des heures, soit à la librairie, soit au téléphone. Les mots qu'il m'était interdit de dire empruntaient les chemins écartés des tournures, des périphrases et des métaphores.

Dans la journée, grâce aux portables, on partageait nos vies : les moments où on allait chercher nos enfants à l'école, leurs goûters, leurs repas, leurs bains. On s'appelait avant et après un rendez-vous : on suivait le chemin de l'autre, heure par heure, minute par minute. Lorsque je n'arrivais pas à endormir ma fille, je l'appelais, il calmait mes angoisses. Les enfants sont comme des petits animaux sauvages qu'il faut apprivoiser, disait-il. Et toi aussi, ajoutait-il.

Il parlait doucement, sa voix me bouleversait, je la sentais vibrer jusqu'au fond de moi. La musique de ses mots me guidait. Peu importaient les paroles : ce qui comptait, c'était ce qu'elles dessinaient entre elles. Les inflexions, les intonations, la voix un peu rauque des matins, celle, plus énergique, du milieu de journée, nimbée des bruits de la vie, et celle du soir qui se découpait sur le silence me donnaient des frissons. À l'inverse de la tonalité métallique de mon mari, qui me glaçait les sangs, la sienne me berçait et parfois, la nuit, je m'endormais au téléphone. J'aimais sa sérénité, son flegme, son côté français-israélite, sa distance, sa pondération, son discours argumenté et construit, sa sagacité, sa logique, le rythme de ses phrases, la façon dont sa pensée était structurée, le flot de ses paroles scandé par des prétéritions, des effets d'annonce… Plus profondément, son rapport au monde : un mélange de fatalisme et de volontarisme. Sa façon d'exister, qui était une façon d'exister après : il était né et il vivait après la Shoah qui avait marqué sa vie et celle de sa famille.

J'aimais sa relation à la musique, son amour pour elle, plus dans l'écoute que dans le geste. Et aussi, j'appréciais sa manière d'embrasser l'existence, la générosité avec laquelle il le faisait, et son regard sur les femmes. J'aimais son respect du secret, son intuition des sujets à éviter et sa délicatesse à ne jamais les aborder. J'aimais sa virilité qui me faisait me sentir femme par rapport à l'homme qu'il était. J'appréciais sa passion pour son art, son ardeur, et la fulgurance de ses images, lorsqu'il me les montrait. J'aimais lorsqu'il me parlait de la lumière. Des moyens de la sculpter, de la modeler, de la diffuser autour d'un sujet pour lui donner une âme. Celle qui naît miraculeusement d'un rayon de soleil, et celle que l'on ne peut créer que lorsqu'il fait sombre. Il avait une prédilection pour les maîtres du clair-obscur qui illuminent les ténèbres. Il m'apprit comment, dans *La Sainte Famille* de Rembrandt, tandis que la partie droite de la toile restait dans l'obscurité, la lumière qui tombait d'une vaste fenêtre inondait toute la partie gauche de l'atelier, jusqu'au sein de la nourrice. Il m'expliqua alors comment le peintre jouait avec la lumière naturelle comme le photographe aujourd'hui avec la lumière artificielle. Il me parla aussi de la lumière de Vermeer qui irradiait l'espace comme si elle émanait de la peinture même. La lumière avec l'ombre créait une troisième dimension : la profondeur. Magicienne inépuisable, elle révélait la matière : les plis d'un tissu, le grain de la peau, ou l'éclat d'un regard – tout devient palpable.

Sans que je m'en aperçoive, sans que je le décide vraiment, de rendez-vous en murmures tardifs, notre relation se construisait dans le secret, en marge de ma vie. Il m'invita plusieurs fois à dîner, mais je déclinai. Il voulut que je le retrouve chez lui, et je refusai. Quant à l'inviter chez moi, c'était impossible. Je ne voulais pas que ma fille nous vît ensemble.

Un soir, à la fermeture de la librairie, Sacha m'attendait. Il était beau, reconnus-je. Il y avait quelque chose de puissant en lui : il était habité d'une force virile. Habillé d'une veste sombre sur une chemise en jean, il cachait sous son chapeau des yeux verts perçants, pénétrants. Il m'observait ; et lorsque je croisai son regard, il ne baissa pas les yeux, mais s'avança vers moi.

— Demain, tu es là ? dit-il.

— Je suis là.

— Et après-demain ?

— Aussi.

— Et tous les autres jours de la vie ?

Je souris : j'étais décontenancée.

Comment lui dire, lui expliquer ? Comment faire en sorte qu'il comprenne ? J'avais l'impression de détenir un terrible secret ; et la certitude que, s'il l'apprenait, il s'éloignerait de moi à jamais.

4.

Je courus pour ouvrir la porte et accueillir ma fille qui revenait de chez son père. Naomi se précipita dans mes bras. Ses cheveux se mélangèrent aux miens, alors que ses grands yeux exprimaient une joie teintée de souffrance et d'inquiétude.

Simon resta immobile, devant nous, sur le seuil.

— Je dois te parler, Anna, dit-il.

Il enleva sa veste, la posa sur le portemanteau, ainsi qu'il avait l'habitude de le faire lorsque nous vivions ensemble. Puis il se dirigea vers le séjour. Il souriait, l'air sûr de lui. Il regardait tout, comme pour reprendre possession des lieux. Il avait minci depuis notre divorce. Son visage émacié, sa haute taille lui donnaient un air inquiétant. Dans sa main, il tenait un papier sur lequel je reconnus le sceau du Consistoire. Cette institution qui régissait la vie religieuse de la communauté juive était le centre du pouvoir rabbinique, et celui de ma vie depuis que j'avais divorcé. Simon tenait en main la convocation qu'il avait reçue.

C'était la veille de Kippour, et j'avais passé la journée à préparer à manger, pour le repas du soir qui précédait le jeûne. Il fallait se presser pour s'habiller et dîner avant la tombée de la nuit.

— Qu'as-tu à me dire ? demandai-je.

Il me regarda, l'air étrange. J'étais terrifiée, comme toujours lorsqu'il s'approchait de moi. Puis il considéra le couvert dressé pour deux.

— Je peux dîner avec vous ?

Naomi me pressa la main. Elle me suppliait des yeux. C'était la veille de Kippour : comment pouvais-je refuser ?

À table, il n'y eut pas un mot, pas un échange. Avec notre fille, Simon riait, comme si de rien n'était, mais je voyais bien qu'intérieurement, il était tendu. J'avais le cœur serré en regardant Naomi qui, du haut de ses huit ans, avait déjà tant vécu. Je déglutissais lentement ; je n'arrivais pas à avaler la nourriture. Les couverts s'entrechoquaient dans les plats. Mon assiette était pleine. Naomi non plus ne mangeait pas. L'angoisse montait – l'angoisse de Kippour. Le sort était scellé. Le décret était tombé.

Puis Simon m'a demandé d'aller dans le bureau pour que Naomi n'entendît pas ce qu'il voulait dire. Il tenait la feuille à la main. J'étais debout devant lui.

— Je suppose que tu sais ce que c'est, me dit-il en me montrant la feuille.

Je n'ai pas répondu. Bien sûr que je savais. C'était une convocation au Consistoire au sujet du guet, cet acte qui m'affranchirait définitivement de Simon en me délivrant le divorce religieux.

— Puisque c'est toi qui as alerté le Consistoire, reprit-il lentement, tu vas être mise en face de la réalité. Rien n'a pu t'empêcher de divorcer civilement, puisque tu l'as décidé – mais le guet, c'est différent. Le guet, il n'y a que le mari qui puisse le donner à sa femme. Eh bien, sache que tu ne l'auras jamais.

5.

Avant que le soleil se couche, Naomi et moi sommes allées à la synagogue. Nous avons marché dans la rue, habillées de blanc et chaussées de ballerines en toile pour éviter de porter du cuir, symbole de violence. Le chant résonnait déjà dans l'enceinte. On ouvrit l'armoire qui abritait les rouleaux de la Torah. Et l'on répéta, à trois reprises : « Tous les vœux, interdits, serments, excommunications, anathèmes, privations, promesses, amendes, que nous avons prononcés, déclarés, que nous avons imposés à nos personnes, depuis le jour de Kippour passé jusqu'à ce jour de Kippour survenu dans la paix, que ces vœux ne soient pas des vœux, que ces serments ne soient pas des serments, que ces anathèmes ne soient pas des anathèmes, que nos interdits ne soient pas des interdits car nous les regrettons tous ; qu'ils cessent d'exister et soient abandonnés ; qu'ils soient nuls et non avenus. » L'officiant et les fidèles dirent alors trois fois de suite : « Et il sera pardonné à toute la communauté des enfants d'Israël et à l'étranger qui séjourne parmi eux. Car tout le peuple a fauté involontairement. »

Me voilà au commencement de l'année. Tous les vœux, tous les engagements étaient abolis. Il y a les vœux qu'on efface. Mais il y a ceux qu'on n'efface pas : ce sont ceux qu'on a contractés avec la vie. Les enfants, par exemple, sont des vœux qu'on n'efface pas.

Il y a les fautes qu'on commet par volonté de faire le mal, et il y a celles qu'on fait par inadvertance. Il y a les fautes devant la loi, et celles devant les hommes, et pour lesquelles il est exigé de se faire pardonner par les personnes concernées.

Quand nous étions mariés, Simon me demandait pardon la veille de Kippour. À l'approche de la fête, il tremblait de peur. Superstitieux, il craignait d'être châtié. Il ignorait sans doute que personne ne punit les méchants, ni ne rétribue les bonnes actions. Moi je voulais croire qu'il pourrait changer, puisqu'il me le promettait. Chaque année, je répondais à Simon, avec sincérité, avec aménité, avec aveuglement et manque de lucidité. Et chaque année était pire que la précédente. Cette fois, il n'avait pas fait amende honorable.

Je ne pus m'empêcher de pleurer. Quel était le sens de cette épreuve ? C'était toute ma vie que j'aurais voulu recommencer. J'aurais préféré que cela n'existât pas. Puis la voix se tut. Naomi écoutait, assise sur une chaise, l'air triste. Je fermai les yeux. Tout ce que j'avais vécu, tout ce que j'avais accepté, sans avoir le courage de partir, jusqu'au moment où j'avais compris que je ne pourrais pas l'éviter, sinon j'en mourrais. Par instinct de survie, par un sursaut de dignité, par courage, pour moi, pour Naomi, je ne pouvais pas faire autrement, il en était ainsi. J'avais rompu le serment, le pacte insensé que j'avais contracté vis-à-vis de mon mari, et surtout vis-à-vis de moi-même. Je tremblais de peur. J'avais gravi les marches, sonné à la porte de l'avocate, j'étais partie, soulagée et effrayée, comme s'il fallait que je saute d'une immense falaise, que je me lance dans la vie, que je recommence tout du début, que je reprenne les cartes et les redistribue : celles qui formaient les nœuds entrelacés de mes erreurs et mes errances, de mes angoisses et mes imprudences. Que je le chasse de chez moi, puisqu'il n'y avait pas d'autre solution.

Je penchai la tête du balcon où se trouvaient les femmes. Simon venait toujours dans la même synagogue, celle de notre communauté. Et celle où j'allais aussi, car elle était près de chez moi. Recouvert du châle de prières, il semblait se recueillir dans la paix de son cœur, comme s'il ne venait pas de commettre le plus infâme parjure. Ou peut-être priait-il avec ferveur, en ce jour de Kippour, pour se faire pardonner ? Mais comment s'arrangeait-il avec sa conscience ? Avait-il une conscience ? J'avais envie de hurler, de crier à l'imposture, mais seules les larmes coulaient de mes yeux.

6.

Je sortis ma kétoubbah du placard où je l'avais gardée, roulée sur elle-même. Sur le parchemin décoré par la main d'un peintre, était écrit notre contrat de mariage. Calligraphiée avec soin, la belle écriture de mon père s'étalait en lettres séphardies pour annoncer des vœux de bonheur, des proverbes : « Qui a trouvé une épouse a trouvé le bonheur », des psaumes : « C'est Toi que j'espère tout le jour ». Il indiquait la date, le lieu du mariage, le nom des mariés et la généalogie patrilinéaire. Les obligations financières étaient aussi spécifiées, de même que les devoirs de l'époux envers l'épouse. La signature des témoins figurait au bas du document qui avait scellé mon union avec Simon.

Cette kétoubbah, mon père avait passé une semaine entière à la graver de sa plume en roseau, de belles lettres carrées, à l'ancienne, qui dessinaient les contours de ma vie. Avant chaque séance d'écriture, pour se purifier, il s'était immergé dans le bain rituel. Chaque lettre, chaque mot, chaque phrase avait été tracée avec le plus grand soin. Il ne fallait pas faire de faute, sous peine de devoir tout recommencer. Les lettres dansaient devant mes yeux, dans un ballet étrange, les mots prenant la forme de barreaux. Une prison de mots.

Cette kétoubbah, Simon l'avait signée lors de notre mariage, avec nos deux témoins : des hommes qui respectaient le shabbat. Et le rabbin l'avait lue à haute voix, devant l'assemblée réunie au sein de la synagogue. Puis elle avait trôné dans notre chambre devant notre lit, pendant quelques années, jusqu'au jour où je l'avais décrochée : n'était-il pas grotesque d'afficher ainsi les coutumes, joies et obligations du mariage devant un lit déserté ?

Je roulai le parchemin, le mis dans un sac, je me rendis au Consistoire. C'était dans une bâtisse attenante à la grande synagogue de la Victoire. Pour préparer la cérémonie de mariage, Simon et moi avions gravi ensemble ces mêmes marches, mais au lieu de prendre à droite, nous avions pris à gauche pour rencontrer le rabbin qui allait nous unir. Il nous avait alors parlé du mariage. Il avait énoncé les lois de la pureté familiale. Tous les mois, pendant la période de ses menstruations, à laquelle s'ajoutaient sept jours, la femme était interdite à son mari. Les douze jours écoulés, elle devait s'immerger dans le bain rituel, à l'issue duquel elle lui était à nouveau permise. Ainsi, avait expliqué le rabbin, la loi organisait-elle la séparation nécessaire à l'ardeur du désir. Car le désir naît, vit et meurt, s'il n'est pas entretenu par le manque.

Il nous avait dit que le mariage est un acte de sanctification et d'élévation. Un homme et une femme acceptent de vivre ensemble dans l'amour et le respect mutuel, et de transmettre les valeurs traditionnelles à leur descendance. Le couple est alors comparé à un autel de sainteté.

24

À droite, se trouvait le bureau des divorces où je fus reçue par un homme d'une cinquantaine d'années, le rabbin Benattar. C'était un personnage portant barbe et chapeau sombres, vêtu d'une chemise blanche sur un vieux pantalon noir. Il m'évoquait le portrait photographique de ces vieux Marocains que l'on voit sur les planches d'Elias Harrus. Un homme d'un autre temps, d'un autre espace. Il était posé sur son siège, comme s'il faisait cela toute la journée. Je lui exposai brièvement le but de ma visite et lui tendis le rouleau de parchemin. Il considéra la kétoubbah, dubitatif.

— Alors, vous voulez divorcer ?

— Oui.

— Vous êtes sûre ? Il n'y a rien à faire pour la paix du foyer ?

— Non. Rien.

— Et le divorce civil a été prononcé ?

— Il y a bientôt trois ans.

Il me regarda, l'air las.

— Si votre mari ne veut pas vous donner le guet, on ne peut pas l'obliger, madame. La décision lui appartient à lui, et à lui seul.

— Et moi, dis-je. Je n'ai rien à dire ?

Il me fixa un moment.

— Selon la loi, c'est le mari qui décide, dit-il. Vous pouvez tenter de faire une action au civil, votre mari pourrait être condamné. Mais il peut néanmoins refuser de donner le guet.

— Que puis-je faire pour le contraindre à me le céder ?

— Sachez que tout guet obtenu par la contrainte s'appelle un guet meoussé : il ne vaut rien. Selon la loi, il faut que votre mari vous donne le guet en toute liberté de choix.

— Et s'il refuse ?

— Les conséquences du refus pour la femme sont : l'impossibilité de se remarier, bien sûr. Mais aussi l'interdiction de tout contact avec un homme. Et si, par malheur, elle avait un enfant avec un autre homme, il serait un *mamzer* : un enfant adultérin qui ne pourrait jamais se marier religieusement, sinon avec un autre enfant adultérin, et ceci pour dix générations ! Si elle refait sa vie avec un autre homme et que, par la suite, elle obtient le guet, elle ne pourra pas épouser religieusement cet homme qui sera considéré à jamais comme son amant.

Mamzer. Je connaissais ce mot qui était passé dans le langage courant, sous forme d'insulte : cela signifiait littéralement « bâtard ».

— Bon, dis-je. Alors, que fait-on ?

— Que veut-il en échange ?

— En échange ?

— Du guet.

— Je ne sais pas. Que peut-il vouloir ? demandai-je naïvement.

— Que fait-il ?

— Il est dentiste.

— Dans son propre cabinet ?

— Oui.

— Bien… Et vous ?

— Je suis libraire.

— Bon… La librairie est à qui ?

— C'est une location avec un pas de porte.

— Et votre appartement ?

— Nous sommes propriétaires.

— D'accord. Donc il y a un bien. Le partage du patrimoine a été fait ?

— Oui, c'est presque finalisé.

— Réfléchissez avant de le faire. Il y a peut-être une marge de négociation.

— Que voulez-vous dire ? Je ne comprends pas.

— Donnez-moi le numéro de votre mari, nous allons le convoquer à nouveau.

— Et s'il ne répond pas à cette convocation ?

Il fit un geste de la main qui montrait qu'on ne pouvait rien faire.

Je ressortis du Consistoire, mi-inquiète, mi-soulagée de savoir que le rabbin Benattar allait se manifester auprès de Simon. L'affaire était entre ses mains.

7.

Il existe plusieurs façons d'organiser une bibliothèque. Les intellectuels privilégient un classement thématique, les méthodiques préfèrent un classement alphabétique ou chronologique. Les obsessionnels vont s'efforcer de faire la synthèse des deux classements précédents. Les désordonnés les disposent n'importe comment, n'importe où. Il y a ceux qui empilent, font des tas, bâtissent des tours de livres, sans les ouvrir : ce sont les accumulateurs. Les esthètes les rangent par taille, par éditeur, ou par couleur : les roses d'un côté, les blancs de l'autre.

Ce matin, après les fêtes, il n'y avait pas grand monde à la librairie. Les clients avaient fait le plein de livres avant le début de Roch Hachana. Je promenai mon regard sur les rayons vides. Les ouvrages de ma librairie étaient classés par thème. Sur les tables, étaient disposées toutes les nouveautés : romans, essais, rituels de prières. Parfois, le soir, je déambulais, cherchant mon chemin à travers les titres. J'en prenais un, que j'ouvrais au hasard, et il apportait toujours une réponse à mes questions les plus intimes. J'avais le sentiment que quelque chose manquait à ma vie, mais je ne savais pas quoi. J'aspirais à un idéal, que je voyais dessiné, ou esquissé dans certaines œuvres, et pourtant je n'y trouvais jamais précisément les mots pour le dire. Je cherchais le livre absolu. Celui qui parle de la vie à un niveau que personne ne voit, mais que tout le monde perçoit, celui qui serait comme une porte ouverte sur l'autre monde qui existe à l'intérieur du nôtre, qui coulerait dans le sang de nos veines, pour les faire palpiter d'un souffle nouveau et leur insuffler un message vital : le livre, universel et intime, qui parviendrait à mettre les mots sur mes aspirations secrètes, mes pensées, serait un livre d'amour, de poésie et de philosophie.

Sacha était là, qui m'attendait, dans l'ombre. Nos rencontres étaient des moments subtils. De conversations en demi-teinte, aux regards à la dérobée, nous étions complices d'un jeu aux règles implicites, que nous étions les seuls à connaître, un peu comme deux enfants. Dans sa part féminine étaient la douceur, la sérénité, la grâce, l'attention. Dans sa part masculine étaient la détermination, la force, la fulgurance, la certitude.

Il me suivit derrière un rayonnage. Ses mains effleurèrent les miennes. Son souffle contre ma nuque, le long de mon échine, me fit frissonner. Je me retournai vers lui.

— Et si on nous voyait ! dis-je.

— Tu es une femme libre, Anna. Et pourtant, tu te comportes comme une femme mariée. Pourquoi ?

On aurait dit qu'il me guettait, qu'il m'attendait, prêt à jaillir et à fondre sur moi. Ses yeux ne cessaient de me scruter, de me dévisager. Je les surpris en train de parcourir mon corps, comme pour dire, je sais que tu me résistes, et je sais aussi que ce n'est pas pour longtemps. Tôt ou tard, tu seras à moi.

Le soir, la nuit, le matin, je pensais à lui, avec l'étrange sensation du manque. Toutes les nuits, je me réveillais, haletante. Dans le noir, je le cherchais. Je rêvais qu'il me prenait dans ses bras. Je me plaisais à l'imaginer. Mes pensées s'envolaient vers lui, sans que je puisse les contrôler, au point d'en devenir une obsession. Qu'il m'embrasse, qu'il m'enlace. Je l'envisageais, avec volupté. Il exerçait sur moi une fascination trouble. Cela n'avait rien à voir avec ce qu'il était, avec ce qu'il disait, cela n'avait rien de rationnel, cela n'avait pas vraiment de fondement, c'était quelque chose qui ne venait pas par la parole, mais par les gestes, l'odeur, les yeux. J'étais sous hypnose, comme si nos cœurs parlaient un langage silencieux qu'eux seuls connaissaient. Ils entretenaient un dialogue qui, chaque jour, s'approfondissait. J'éprouvais les sensations adolescentes, les tourments du corps qui s'éveille à la vie. Je ne pouvais pas lui dire pourquoi je résistais. Comment lui avouer la situation dans laquelle j'étais sans qu'il eût une mauvaise image de moi ? Comment comprendrait-il, alors qu'il n'était pas religieux ? Comment ne nous jugerait-il pas, mes croyances et moi ? J'en avais honte, comme si j'étais la coupable, comme si j'étais affublée d'une tare. Mais comment ne plus le voir, ne plus l'entendre et me résigner au désert auquel me condamnait Simon jusqu'au dernier jour de ma vie ? Alors, je me laissais effleurer par son désir, pour y puiser la force de survivre.

8.

— Votre mari est venu, dit le rabbin Benattar au téléphone. Il nous a dit qu'il allait vous donner le guet, que son intention n'a jamais été de ne pas vous le céder.

— Qu'est-ce qu'il attend, alors ?

— Il attend que le partage du patrimoine soit finalisé.

— Donc, il s'agit bien d'un chantage.

— Désolé, mais nous ne pouvons rien faire dans ce cas. Il faudrait accélérer la procédure. Et songez à ce que je vous ai dit : vous avez tout intérêt à lui accorder ce qu'il souhaite, parce que vous ne pouvez pas agir autrement.

Je raccrochai, en proie à un violent mal de tête. Je mis de l'eau dans la bouilloire pour faire un thé. Je m'ébouillantai en versant le liquide dans la tasse. Je me sentais prise au piège, dans une situation inextricable, et seule pour y faire face. On frappa à la porte. C'était Simon qui ramenait Naomi. J'allai lui ouvrir. Comme la fois précédente, il s'avança vers moi. Il se rapprocha, me frôla, je reculai.

— Je te propose de faire un dernier essai, Anna. Partons ensemble en vacances.

— Nous sommes divorcés, Simon.

— Partons à la montagne. On fait une dernière tentative. Et si ça ne marche pas, je te promets que je te donnerai le guet. Tu as ma parole.

J'hésitai. Était-ce encore un piège ?

— Allez, cela en vaut la peine, souffla-t-il près de mon oreille. Pense à Naomi. Pense à moi. Je t'aime toujours, Anna. Et toi, tu sais bien que tu ne peux pas te passer de moi. Tu as beau faire, beau dire, toi et moi nous sommes unis par un lien qu'on ne peut rompre. Personne ne te connaît comme je te connais. Et je suis sûr que tu m'aimes encore. Notre histoire est unique. Et rare, aussi. Cela vaut la peine de se battre. Je pense que nous avons droit à un dernier essai, non ? Allez, ma puce, réfléchis.

Cette familiarité me glaça les sangs. Elle me rappela le temps où je vivais avec lui. C'était ainsi qu'il m'amadouait. J'allais lui répondre lorsque la sonnerie de la porte retentit.

— Qui est-ce ? dis-je.

— J'ai pris rendez-vous avec le rabbin Amoyal. Je lui ai demandé de venir pour parler avec nous.

Le rabbin Amoyal régnait sur notre communauté de la rue des Rosiers à Paris avec son sourire débonnaire et ses sermons édifiants. De taille moyenne, l'air avenant sous sa longue barbe grisonnante et derrière ses lunettes, il portait la kippa noire des ultra-orthodoxes. Il s'assit dans le salon. Je lui apportai un café. Simon, qui avait pris son air le plus simple et le plus innocent, m'aida à le servir avec un grand naturel, comme si c'était tout à fait normal, comme si nous vivions encore ensemble.

— Alors, dit le rabbin, votre mari me dit que vous envisagez une réconciliation ?

— Non, dis-je. C'est fini. Il n'y a plus rien à faire pour la paix du foyer, ajoutai-je mécaniquement.

— Voyons madame Attal, il y a toujours quelque chose à faire pour la paix du foyer. Parfois on s'énerve, on est heurtés, c'est vrai. Mais ce sont des petites choses quand on voit la longue vie d'un couple.

— Oui, mais il ne s'agit pas de cela. Ce n'est pas une petite crise. C'est quelque chose de bien plus sérieux. Je ne peux pas en parler, ici, devant vous. C'est une décision longuement mûrie, réfléchie, et que je ne regrette pas.

— Avez-vous songé à avoir un autre enfant ?

— Nous ne voulons pas d'autre enfant, Rav Amoyal. Puisque nous sommes divorcés.

J'étais énervée de m'être laissé prendre dans ce traquenard.

— Vous êtes divorcés civilement, mais pas religieusement. Une femme doit faire particulièrement attention à ce qu'il y ait une ambiance de paix entre elle et son mari ; c'est cela qui la fera aimer de lui, et aura des conséquences favorables sur les enfants qui pourront se construire sur des bases solides et claires. Redonnez-lui une chance, madame, quoi qu'il ait fait, et je vous assure que je vous crois, et que je suis de votre côté. Vous voyez qu'il a envie de changer ! Il m'a promis qu'il ferait tout pour que vous soyez heureuse.

— C'est trop tard. Je ne veux pas entrer dans les détails…

En fait, j'aurais bien aimé entrer dans les détails. Les détails abominables et quotidiens de notre vie ensemble. Si je les lui racontais, il ne me croirait pas. Ou alors, il ne comprendrait pas. Ou encore, il ferait semblant de ne pas entendre. Je préférais me taire.

— Écoutez, reprit le rabbin. J'ai longuement discuté avec votre mari. Il m'a tout raconté. Vous avez eu raison d'introduire cette procédure qui a été un électrochoc pour lui. Ce pourrait être l'occasion d'une réflexion ; pour que vous puissiez repartir sur d'autres bases, d'autres fondements. Nous savons tous à quel point il est dur d'être en couple. C'est même la chose la plus complexe au monde. Croyez-vous que ce soit plus facile pour ma femme et moi ? Nous traversons tous des moments plus ou moins heureux. Comme le disent nos rabbins : « Le mariage est plus difficile que l'ouverture de la mer Rouge, lorsque les Hébreux furent poursuivis par Pharaon. » Vous connaissez la sentence : « Que fait le Saint, béni soit-Il, depuis la Création ? Il forme des couples. » Vous voyez bien. Tous les couples connaissent des crises. Ce qui est important, c'est d'en sortir.

— Il n'est plus mon mari. Nous avons divorcé, répétai-je. C'est bel et bien terminé.

— Vous êtes en colère contre lui, et sans doute avez-vous des raisons de l'être. Vous savez que celui que l'on appelle le « maître de maison » est aussi celui qui a la responsabilité de la maison. Nos maîtres enseignent que la réussite d'un foyer repose sur le comportement du mari vis-à-vis de son épouse. Il ne doit pas la faire pleurer. Le Talmud dit que l'Éternel compte les larmes des femmes.

— Il y a longtemps que j'ai arrêté de pleurer.

— Votre… Monsieur Attal vous propose de partir en vacances, lui donnerez-vous cette chance ? Faisons un pacte, et disons, entre vous et moi, que ce sera la dernière. Pensez à votre enfant. Savez-vous le traumatisme que cela représente d'être séparé de son papa ou de sa maman ? Trouvez votre force et votre confiance dans la foi ; la foi que vous avez en vous, qui va vous aider à surmonter toutes les difficultés, j'en suis certain. Allez, madame Attal, je vous en prie, faites-moi la promesse que vous allez essayer. Une dernière fois.

9.

Il faisait froid à la gare. L'air de la montagne emplit mes poumons. Le vent frais et sec me fit frissonner. Je posai mes bagages pour me frotter les mains avant de héler un taxi. Simon devait me rejoindre le lendemain matin avec Naomi. Il avait décidé de prendre le train de nuit, par souci d'économie, et aussi, disait-il, parce qu'il ne voulait pas perdre la journée.

Lorsque j'arrivai à l'hôtel, j'eus la surprise de voir Sacha, calmement assis dans le lobby. Je le regardai, sans comprendre. Je lui avais dit que je partais avant Simon, car je ne voulais pas voyager avec lui, et il s'était discrètement renseigné sur l'hôtel et la destination de mon voyage. Et il était là, habillé de gris, avec son regard clair plongé dans le mien comme s'il ne l'avait jamais quitté.

— Je ne voulais pas que tu sois seule ici, dit-il simplement.

— Tu sais que mon ex-mari va venir demain ?

— Demain, je serai parti à l'aube.

— Et s'il venait aujourd'hui ?

Il consulta sa montre.

— Il est trop tard, il n'y a plus de train.

Je regardai autour de moi, mais les gens de l'hôtel ne semblaient pas prêter attention à nous.

— Tu n'es pas heureuse de me voir ?

Nous avons parlé au coin du feu. Je ne pouvais pas lui expliquer pourquoi j'avais été contrainte d'accepter la proposition de mon ex-mari. J'étais tellement tendue que j'avais le plus grand mal à me concentrer sur ce qu'il disait. Mon esprit s'égarait, je perdais le fil. Qu'allait-il advenir de la nuit ? Que pouvait-il se passer entre nous ? Comment résister à sa douceur ? Qu'espérait-il ? Pourquoi m'avait-il suivie ? Avait-il peur que je revienne vers Simon ? Je ne savais plus où j'en étais.

Nous avons marché dans les rues de la ville. Nos pas crissaient sous la neige. Le bruit des calèches interrompait le silence de la nuit. Il était tard. Les rues étaient vides. Tout était illuminé dans ce village féerique et déserté qui ressemblait à un décor ancien. Sacha me prit la main, comme si c'était la chose la plus naturelle du monde. C'était la première fois qu'il faisait ce geste. Je la lui laissai. Nous sommes allés dans un petit club de jazz. La musique était forte, nous étions obligés de nous parler dans l'oreille, je sentis son souffle contre mon visage.

Sacha me raccompagna. Il avait réservé une chambre dans un petit chalet dans la montagne. Lorsque nous sommes arrivés, je m'aperçus que mon hôtel était fermé et j'avais oublié d'en prendre le code. Naturellement, il m'invita à le suivre. Je n'avais pas d'autre solution. Tout en bois, la pièce n'était pas grande. La lumière était sombre, tamisée. Je m'assis sur le lit. Il prit place à côté de moi, effleura ma joue de sa main. Nos lèvres se rejoignirent, comme si elles ne s'étaient jamais quittées. Nos respirations se mélangèrent.

— Dès que je t'ai vue, dit Sacha, je t'ai désirée. Après, je t'ai cherchée dans la rue ou derrière tes livres. Déjà, je connaissais ta voix, tes yeux, ton visage, tes mains, la forme de tes seins, celle de ton corps que je regardais déambuler dans la boutique. Toutes ces images peuplaient mes soirées et mes nuits de désirs secrets.

— Je suis désolée, dis-je en me levant, mais c'est impossible. Je ne devrais pas être là, avec toi, dans cette chambre.

— Est-ce que tu l'aimes toujours ?

— Non, cela fait longtemps que je ne l'aime plus.

— Je ne te comprends pas. Tu es divorcée, n'est-ce pas ? Ou peut-être as-tu des doutes ?

— Je n'ai pas le moindre doute.

— Je ne te plais pas ?

Si tu savais comme tu me plais, pensai-je. Tes yeux m'envoûtent. J'aime ton parfum. Je rêve d'être dans tes bras. Je ne devrais pas être là. J'étais encore mariée du point de vue religieux et j'étais en situation de devenir une femme adultère. Mais où commence l'adultère ? Au premier regard ? Au premier baiser ? À la première caresse ? Ne l'étais-je pas déjà ? L'adultère commence au premier regard, en effet : celui que votre mari ne vous accorde plus.

Un mot de la Bible me vint à l'esprit : *sotah*. Si une femme est soupçonnée d'adultère par un mari jaloux, elle est conduite au temple de Jérusalem, le prêtre verse de l'eau sainte dans un vase d'argile. Il y ajoute de la poussière prise sous l'autel, et y dépose un parchemin sur lequel il écrit le Nom Saint. Puis il fait avaler l'eau amère à la femme.

Je repoussai doucement ses lèvres. Alors il me proposa de rester ensemble, sur le lit. Je m'étendis. Il me caressa le visage avec une douceur infinie. Puis je m'endormis paisiblement dans ses bras, comme si je n'avais cessé de le faire depuis des années et que je me reposais d'un très long voyage.

10.

Je me réveillai au petit matin. Nous étions l'un contre l'autre comme si nous vivions ensemble depuis toujours. J'avais dormi aussi profondément que si j'avais rattrapé des années de sommeil. Je regardai le visage de Sacha. Les traits détendus, paisible, il rêvait. Je me levai, je revêtis mon manteau, sortis de la chambre sans faire de bruit. Je traversai la rue vers mon hôtel. Tout était calme sous la neige. La réception était ouverte. Je pris la clef et entrai dans ma chambre. Je défis les draps pour faire croire que j'y avais dormi. Je commandai un café, afin d'achever de me réveiller en pensant à ce qui venait de se produire. Je me sentais dans un état bizarre, cotonneux.

Bientôt on frappa à la porte. J'allai ouvrir, en me demandant si ce que j'avais fait était inscrit sur mon visage. Mais non. Naomi sauta dans mes bras. Simon était furieux ; non pas de ce qu'il avait perçu de mon forfait nocturne, mais de sa nuit dans le train. Il était surtout énervé parce qu'on lui avait dérobé de l'argent liquide pendant qu'il dormait. Il ne désirait qu'une chose : se coucher.

Un beau soleil inondait la station hivernale. Je sortis avec Naomi dans le village, essayant de retrouver les pas de la veille, ceux qui crissaient sous la neige. Le ciel était pur. Le soleil réchauffa nos joues. Plus tard, Simon vint nous rejoindre. Il ne décolérait pas : il était outré du prix que coûtaient les choses. Il revenait sans cesse sur l'épisode de l'argent qu'on lui avait volé. Son visage exprimait l'aigreur de son cœur. Comment avais-je pu l'aimer ? Quel charme, quel envoûtement m'avait subvertie ? Peu importe, désormais. Je me demandais si Sacha était là ou s'il était déjà parti. J'imaginais le voir, le rencontrer. J'avais conscience qu'un événement vertigineux venait de se produire au cours de cette nuit passée dans ses bras. Toute la journée, je fus dans une douce torpeur, une béatitude nimbée de lumière et de soleil d'hiver.

La semaine fut terrible. Celui qui voulait nous donner une dernière chance se plaignait sans cesse que tout était trop cher et mal organisé. Il geignait dès qu'il se trouvait à mes côtés. Fort heureusement, il dormait loin de moi. Je m'assoupissais avec Naomi, dans son lit, et je finissais par passer la nuit avec elle, sans qu'il esquissât un geste envers moi. Lorsque nous nous retrouvions à table, il ne parlait que d'argent. Il n'avait pas de valeurs ni d'autre intérêt que sa personne. Il ne pensait qu'à ce que les choses et les êtres lui apportaient. Parfois, il faisait un effort pour paraître gentil mais, sans sa méchanceté, il devenait pathétique. Lorsque nous sortions, il jouait à l'époux et au père parfaits. En revanche dès qu'il passait le seuil de la chambre, il reprenait son vrai visage.

Sacha m'envoyait des textos auxquels je répondais fébrilement. Il me donnait des listes de mots à classer par ordre de préférence. Les questions se faisaient de plus en plus précises, curieuses, indiscrètes. Il désirait tout savoir de moi. On cherchait à se connaître ou plutôt à se reconnaître – puisque l'amour est reconnaissance. Il demandait quels étaient mes livres de prédilection, mes mots, mes expressions préférés, que je me décrive, que je lui raconte la femme que j'avais été et celle que j'étais devenue. Je lui répondais, tout en masquant la vérité; celle qui m'obsédait, celle que je ne voulais pas dire. Et je lui retournais les questions. Je voulais savoir ce qu'il avait fait de pire et quelles étaient ses limites. Lorsque je lui demandai : « Quelle est ton expérience de l'Absolu ? », il répondit : « Ce que je cherche tous les jours. Ce vers quoi je tends. La lumière d'un matin, celle d'un peintre ou d'une intuition. Une rencontre ? »

Un soir, dans la chambre, alors que Naomi dormait, Simon me dit qu'il avait réfléchi. Il avait compris ses manquements à mon égard. Il savait aussi qu'il ne pouvait pas me proposer une vie amoureuse. Mais il m'offrait de rester ensemble, de cohabiter, au moins pour notre fille.

— Je sais que je ne suis pas à ta hauteur, mais tu restes en moi. J'aimerais qu'on arrive à tirer tout le positif de nous, de ce que nous avons ensemble et qui nous est cher. Cette vie avec Naomi, notre petite famille. Je sais la femme merveilleuse que tu es et j'aimerais que tu puisses voir tout ce que j'ai encore à t'offrir.

Je soupirai intérieurement. Je n'étais plus dupe de ses formules magiques.

— As-tu songé à l'image qu'on donnerait de nous à notre fille ? lui demandai-je. Est-ce que nous ne méritons pas mieux, l'un et l'autre ?

Son regard s'obscurcit. Il changea de ton.

— Si j'étais toi, je réfléchirais. Je te rappelle que sans le guet, tu ne peux pas te remarier. Tu ne peux même pas avoir un rapport avec un autre homme. Ta vie de femme est finie, de toute façon. Qu'as-tu à perdre ?

Je m'enfuis dans la salle de bains, le cœur bordé de larmes. Je m'enfermai, redoutant une irruption. J'étais dans un désespoir intense. Il suffisait qu'il me parle, qu'il m'écoute même, pour que j'aie envie de mourir. Comment s'y prenait-il ? Je saisis mon portable et composai le numéro de Sacha. Sa voix me rassura. Elle dessina une mélodie qui apaisa mon cœur et mon âme, l'entraînant dans un monde de douceur, loin de ce que j'étais en train de vivre. Je lui parlai, pendant un long moment, murmurant tout bas des mots que lui seul entendait.

Le lendemain, je refis le chemin, celui que nous avions parcouru ensemble, dans les rues enneigées. Sans cesse, je pensais à cette nuit, à ses mains sur mon visage. J'éprouvais un délicieux frisson à l'idée que Simon ne se doutait de rien. Il croyait que j'écrivais des textos à une amie. J'enlevai la fonction « enregistrer les messages envoyés » dans mon portable, je changeai le nom de Sacha, le remplaçant par celui de ma sœur. J'avais expliqué à Sacha la situation dans laquelle je me trouvais, sans lui en dévoiler la raison véritable. Il avait pris le pli : il ne me laissait jamais de messages vocaux. Chaque fois, il fallait tout effacer. Tout, les SMS, les appels manqués, les appels réussis aussi, ceux qui durent deux heures. Sans doute était-ce la raison pour laquelle notre relation me paraissait irréelle : nous effacions les traces en permanence. Pas de photo, pas d'écrit, pas de message, pas de vie commune, pas de quotidien, même pas de rapports physiques. Juste une ascèse qui nous plaçait hors de l'espace et du temps ordinaires. Ce n'étaient que chuchotements, dialogues, murmures et rires hachés – et soudain, un bruit suspect, un pas, un souffle, tout s'arrêtait.

Lorsque Simon m'adressait son regard hautain, je me disais qu'il ne savait pas qui j'étais. Il ne voyait rien. Il ne voulait pas voir. Il ne voulait pas savoir. Il ne voulait pas l'entendre. Il n'écoutait pas. Il était dans un discours auquel il finissait peut-être par croire. Il semblait ne pas se rendre compte que je ne l'aimais plus, que c'était fini entre nous. Il m'avait assuré qu'il voulait tout recommencer, mais c'était parce qu'il sentait que je lui échappais et cette idée lui était insupportable.

Parfois, les mots me brûlaient la gorge. C'était difficile de résister, de ne pas tout lui avouer, et lui claironner la nouvelle : j'ai rencontré quelqu'un.

Depuis que j'avais passé la nuit avec Sacha, j'étais dans un état d'apesanteur. Impossible de ne pas dire, peut-être est-ce l'amour, difficile de ne pas clamer, tu ne m'as pas vaincue puisque je suis vivante de l'amour, tu crois que tu m'as dominée, tu crois que je suis celle que j'étais avant, mais je n'ai rien à voir avec cette fille ingénue que tu as connue. Je suis autre, je suis femme à présent. Je me sentais importante car je savais que je l'étais aux yeux de Sacha.

À la fin de la semaine, ce fut le shabbat. J'allumai les bougies, embrassai ma fille. Un silence empesé enveloppa toute la soirée. Pendant un long moment, je regardai les bougies du shabbat se consumer lentement, inexorablement, jusqu'à ce qu'elles s'éteignent, dans un faible râle.

11.

Dès mon retour, lorsque le train entra en gare, j'envoyai un SMS à Sacha disant que j'étais arrivée. J'avais hâte de le voir. Il me donna rendez-vous chez lui. Simon partit de son côté et je rentrai chez moi, avec Naomi. Après l'avoir endormie, je me glissai hors de la maison aussitôt que la baby-sitter arriva. Je marchai jusqu'à la rue de Turenne, je composai le code et montai les escaliers, le cœur battant.

Il vivait dans un atelier où étaient exposées ses photographies. Une douce lumière filtrait du plafond, baignant l'endroit d'une ondée de chaleur. Tout était blanc et brun, avec des bougies et des grands portraits suspendus aux murs. C'est ainsi qu'il vivait, au milieu d'une multitude de flammes.

Sur les tables, par terre ou accrochées, étaient ses images. Sacha photographiait les visages. Peintre du détail et de la forme, il était fasciné par les regards qu'il illuminait à l'aide d'un savant jeu de contrastes entre le clair et l'obscur. C'étaient des visages de femmes, de mères, majestueuses madones aux enfants accrochés à leurs bras.

Il me servit un thé brûlant. Puis il parla ; il m'avoua qu'il m'avait aperçue dans la rue, à la montagne, avec mon ex-mari et ma fille. Il me montra des clichés qu'il avait faits de moi, de nous. Il y avait aussi des images du village, du chemin que nous avions emprunté ensemble, de l'hôtel, de beaux souvenirs inondés de lumière. Je regardai Simon sur les photos : il ne souriait pas, il était sombre. Il n'était ni beau ni sympathique. Je n'étais pas contente que Sacha ait pu m'épier. J'avais honte de cette partie de mon existence, que j'aurais voulu dissimuler à ses yeux d'esthète. Depuis cette nuit ensemble, une conversion s'était opérée, qui était sans retour. Qui me faisait voir ma vie sous l'angle de la réalité : l'amour est une gnose.

— Comme tu es belle, me dit-il en montrant une photo de moi. Mais tu as l'air tellement triste.

— J'étais triste de te quitter. Et lui ? ajoutai-je. Qu'est-ce que tu en as pensé ?

— Je suis en train de lui prendre sa femme.

— Non. Depuis que je t'ai rencontré, je ne le hais plus, je ne lui en veux plus, je ne lui fais aucune demande. Cela se passe mieux entre nous.

— Mieux ? Comment ça ?

— Nous pouvons peut-être vivre séparés, mais sans nous haïr.

— Ah bon ! Alors, tu ne t'es pas remise avec lui ?

— Tu sais bien que non. Mais lui, comment le trouves-tu ?

Il observa attentivement le visage de Simon.

— Il a un visage noir.

Je ne répondis pas. J'étais déshonorée. Cette image me salissait. J'avais peur qu'il ne m'aime plus, par contagion.

— Continue.

— Il est dépressif et il l'ignore. Et, non seulement il ne le sait pas, mais il croit qu'il est le roi du monde. Méprisant et hautain, il se sert des gens. L'émotion est absente de son regard. Ce qu'il fait avec toi, il le fait avec ses amis : aucune vérité dans les échanges, aucune sincérité. C'est le véritable égoïste, dans toute sa splendeur. C'est tout le contraire de toi.

Il s'approcha pour me caresser le visage.

— Sous ton apparence sage, murmura-t-il, il y a un volcan. Quand le laisseras-tu exulter ?

J'étais gênée. Je ne pouvais pas répondre. Je regardai ma montre.

Comme le temps passait vite, lorsque j'étais avec lui.

— Je ne veux pas te voir à la dérobée, Anna. Tu es divorcée de ton mari, tu as le droit de vivre au grand jour.

— Que représente la fidélité pour toi ?

— J'ai été fidèle pendant mon mariage, sauf la dernière année. En fait, j'ai été infidèle en réponse à ce que je considérais comme une trahison. Je vois l'infidélité comme un signe. L'autre question touche à la liberté : je crois davantage au désir qu'à la contrainte.

Sacha me respectait, même s'il ne me comprenait pas. C'était la première fois depuis longtemps qu'un homme me traitait avec cette considération et j'en étais tout étonnée. Je compris combien Simon m'avait malmenée : il m'avait tant habituée à sa façon dégradante de m'aimer, et encore plus avilissante de ne pas m'aimer, que je m'y étais faite : cela voulait dire que j'étais devenue cette femme-là, cette femme absorbée par son regard. Qu'un homme me considérât avec respect, qu'il m'écoutât, qu'il me parlât doucement et amoureusement : voilà qui était extraordinaire à mes yeux.

Alors, il me prit dans ses bras, sous un voile de caresses. La semaine de séparation nous avait rendus timides et avides. Après ce fut simple, beau et fort comme un accomplissement. Ses mains parcoururent mon visage. Sa bouche se posa sur mes lèvres, pour m'offrir la douceur d'un baiser. Nous restâmes ainsi, dans les bras l'un de l'autre, envahis par la plus profonde félicité.

12.

Sacha et moi, nous commençâmes une vie de rencontres secrètes. Nous nous croisions dans Paris, par hasard, ou alors, le temps d'un instant, il m'emmenait quelque part dans sa voiture. Chaque fois que j'y montais, j'avais l'impression de commencer une traversée vers un pays lointain. La petite voiture noire était comme un antre protecteur dans lequel je me sentais bien. Elle nous guida vers des endroits magiques que lui seul connaissait : des galeries de photographies, des ponts, des ruelles étroites et des bars d'hôtel où l'on ne nous connaîtrait pas. J'étais heureuse que nous soyons ensemble, malgré tout, malgré la vie, les enfants, le travail, le temps qui passe, les soucis, le passé, les gens et la religion. Tout conspirait contre nous. Nous n'avions pas d'adresse. La ville entière était notre demeure. Tous les soirs, on se parlait au téléphone, on se disait des mots d'amour, des « je t'aime », sans dormir ensemble, sans vivre ensemble, sans même faire l'amour. Seul le désir régnait, de sa loi anarchique et absolue. Je sortais de chez moi pour renaître à la vie. J'étais comme une femme endormie dans le froid, aux yeux cernés et déjà si las, et pourtant ranimée par la lueur lointaine de la ville. J'étais cette femme qui quittait famille, maison et enfant pour un avenir meilleur, le temps d'un soupir.

Tout apparaissait sous un jour nouveau. Enfin, j'arrivai à brûler ce passé indigne, à le récuser, le dénoncer, le rejeter. Pourquoi m'être mariée, pourquoi n'avoir pas attendu, pourquoi n'avoir pas eu confiance en l'avenir ? Pourquoi avoir cru dans l'amour alors que ce n'était pas l'amour, pourquoi avoir été aussi lâche, aussi bête, aussi veule ? Si j'avais été plus courageuse, j'aurais su vivre autrement.

Sacha et moi, nous avions un jeu qui nous amusait beaucoup : tenter de voir, à travers tous les moments de nos vies, les rencontres possibles entre nous, faire des recoupements pour imaginer toutes les fois précédentes où nous aurions pu nous parler. Au fur et à mesure que nous apprenions à nous connaître, la liste s'allongeait au point que nous avions l'impression d'avoir vécu des vies parallèles, sans jamais que le hasard nous fît nous croiser. Son enfance s'était déroulée entre le jardin de la place des Vosges et Bastille où il habitait. Ses parents avaient une boutique de vêtements rue des Francs-Bourgeois. Je n'étais pas bien loin, rue des Tournelles, avec mon frère et mes sœurs. Nous avions joué dans les mêmes parcs, parcouru les mêmes rues, traversé les mêmes avenues. Peut-être ma mère avait-elle acheté des habits dans le magasin de ses parents ? Puis Sacha était allé à l'école publique, alors que j'avais fréquenté une école juive. Plus tard, ses études aux Beaux-Arts l'avaient conduit du côté du Quartier latin, non loin de la Sorbonne, où j'étudiais la littérature. Nous passions nos journées à la bibliothèque Sainte-Geneviève, lui à emprunter des livres sur l'histoire de l'art, et moi des romans et des essais. Avions-nous été voisins de table ? Nous étions-nous croisés dans la grande pièce où les étudiants se penchent silencieusement sur leurs textes ? Sans le savoir, nous avions fréquenté les mêmes cafés, hanté les mêmes bars : le Balzar, rue des Écoles, le SanZ SanS, à la Bastille, où il allait prendre des mojitos, et où je sortais avec mes amis. Nous étions allés dans les mêmes restaurants de falafels de la rue des Rosiers. Sans se sentir très concerné par le judaïsme, il avait tout de même adhéré à l'Union des étudiants juifs de France dont je fréquentais également les soirées. Avec son frère qui était avocat, il voyait un groupe d'amis que j'apercevais, de temps en temps, chez l'une de mes sœurs, au temps de ses études de droit.

Plus étonnant encore était le croisement de nos cercles d'amis : l'un de ses proches avait été le compagnon d'une de mes amies. Nous allions dîner chez eux, mais jamais au même moment. Nous étions-nous croisés à l'une de leurs soirées ou sur le pas d'une porte ? Alors qu'il descendait les escaliers, je les montais, ou bien était-ce l'inverse ? Son ex-femme s'était remariée avec quelqu'un que je connaissais. Son fils était en classe avec l'un de mes cousins éloignés. La fille de mon avocate lui avait acheté des photographies. Son ex-femme avait accouché dans la même clinique que moi, à un mois d'intervalle. Quelle ne fut pas notre surprise lorsque nous découvrîmes qu'il allait chez le même coiffeur que Simon ! Et que nous avions été, à deux reprises, dans les mêmes mariages : celui d'une amie d'enfance mariée à l'un de ses cousins, et celui d'une amie de Simon.

Que se serait-il passé alors si nous nous étions parlé? Dehors, sur la pelouse, lors d'une réception, nous aurions discuté en buvant une coupe, sur un air de jazz. Pendant les danses autour des mariés, sur la musique klezmer, nos regards se seraient trouvés. Sur un slow à la fin de la soirée, nous aurions dansé. Sur un air de Naomi Shemer, nous nous serions aimés. Nos vies eussent-elles été différentes? Aurions-nous vécu ensemble? Nous serions-nous mariés, aurions-nous eu des enfants? Ou rien? Un fil inexplicable enlaçait nos vies, comme s'il n'y avait que nous deux, qui avions échappé à ce singulier tropisme : ce fil rouge qui nous reliait tout en nous séparant.

Un soir où nous étions dans son atelier, je ne pus me résoudre à partir.

— Regarde dehors, murmura Sacha, c'est l'heure bleue. C'est une heure magique où la lumière est si douce que le temps en est suspendu. Cela dure vingt minutes, au moment du crépuscule : la luminosité du ciel est équivalente à celle de la terre. C'est d'une telle harmonie que les photographes en profitent pour prendre leurs clichés de nuit.

Par la fenêtre, j'aperçus cette nuance calme de bleu. J'y reconnus certaines soirées de sortie du shabbat, lorsqu'on attend la fin du jour avec ce petit pincement au cœur, car le shabbat rend son âme, cette deuxième âme qu'il prête à ceux qui l'habitent. Par-derrière, je sentis ses yeux dévêtir mon corps – ce corps invisible, transparent pour mon mari –, qui fouillaient, qui cherchaient, hypnotisés, les formes floutées de mes courbes. Ils s'égarèrent, s'attardèrent sur un pli, un coude, une main. Ils m'effleuraient, me caressaient, comme pour entrer dans ma peau.

Alors il déboutonna sa chemise, laissant apparaître son torse d'homme, vers lequel je m'approchai pour y laisser reposer ma tête. Un instinct primaire me guidait. Cela faisait si longtemps que je n'avais pas eu cette sensation, ce bonheur de se lover dans l'âpre douceur de la masculinité. Cette impression d'être enveloppée, protégée par des bras solides. Ce délice de s'abandonner à un être plus fort, de se sentir fragile contre lui. Je me laissai envoûter par l'odeur de sa peau, ses muscles, sa poitrine. Je me demandais comment j'avais pu m'en passer, durant toutes ces années, et pourquoi. C'était régressif, presque fœtal. C'était comme si tout s'arrêtait, soudain, se figeait. Un moment de grâce par lequel je me désaltérais à une source sacrée. Une douce agonie où le monde n'existait plus, n'avait plus de forme. Soudain, c'était comme si tout s'amendait en moi. Les images de la vie passée me revenaient par à-coups. Je retrouvais la joie, les rires, les émois, l'impatience, la tendresse, les gestes qui savent dire ce que les mots taisent, les lèvres savoureuses, les mots qui apaisent, et le désir : palpiter sous une main posée, respirer par son souffle. C'était un voyage, un départ vers un autre monde. Le monde des sens. Le monde du sens. N'est-ce donc pas le même monde ? Je ressentais ce que je n'avais jamais pu connaître avec mon mari. J'avais tellement souffert de son désamour. Parfois, on croit perdre quelque chose et, en fait, on ne sait pas qu'on est en train de gagner infiniment plus. Si, lorsque mon mari me maltraitait, on m'avait dit, réjouis-toi ! Ceci est le plus beau jour de ta vie, je n'aurais pas compris. Et pourtant, c'était vrai.

Toutes les heures du monde ne valent pas ce moment enveloppé d'altitude : une vie entière ne serait pas suffisante pour commenter chaque détail de cette heure bleue, chaque mystère et chaque rebondissement. Je garde encore cette image de nous deux.

Et puisse le temps de notre passage nous laisser le goût d'éternels moments. Et tout chuchote et tout conspire : mystère de la rencontre amoureuse, lorsque d'une voix on n'aspire qu'à l'unisson des heures. Dans la fulgurance d'un détour, elle rend à l'âme sa pureté, lorsque la vie l'a souillée, elle prête à la nuit sa clarté, elle soulève les cœurs condamnés, elle ravive les couleurs passées, elle est de l'hiver l'été, l'ardeur des désespérés. Et même si elle ne dure, je veux croire qu'en lieu sûr il existe encore, lorsque tout disparaît, une petite étincelle prête à s'embraser, le temps d'un souffle, le temps d'un baiser.

13.

— Tu as rencontré quelqu'un, Anna ?

Simon était sur le seuil de la porte avec Naomi qui entra avec cet air de lassitude qu'elle avait chaque fois qu'elle revenait de chez son père. Ses yeux étaient remplis de questions que ses lèvres n'osaient plus formuler.

— Tu aurais pu me dire que tu avais un amant. Et moi qui me suis ridiculisé en t'emmenant en vacances. En essayant de te séduire à nouveau. Tu aurais dû m'épargner ça, quand même.

J'essayais de rester calme. Quand donc cesserait la peur ? Je fis signe à Naomi d'aller dans sa chambre.

Il s'approcha de moi, l'air menaçant. Je reculai. Je n'arrivais pas à empêcher les tremblements de mon corps, comme s'il avait gardé en mémoire tout ce que j'avais tenté d'oublier.

— Tant que tu n'as pas le guet, tu es une femme mariée. Moi, je n'ai pas de problème. Selon la loi, je peux aller avec qui je veux, je pourrais même me marier si je le désirais sans te donner le guet ! Mais toi, si tu as un amant, tu es une femme adultère.

— Pourquoi, Simon ? Pourquoi cherches-tu à m'empêcher de voir d'autres hommes ?

Il me considéra, l'air soudain radouci.

— Ça doit être dur pour toi, ma puce, dit-il en s'approchant de moi.

— Que veux-tu dire ?

— Ton amoureux, si tu continues de te refuser à lui, il va finir par se lasser… Il va en avoir assez. Tu risques de le perdre. Il va te larguer. Tu ne voudrais pas qu'il te jette, non ?

— Je ne vois pas de quoi tu parles. Tu vois bien qu'il n'y a personne.

— Si tu n'as personne, pourquoi tu me repousses ? Tu ferais moins la difficile…, ajouta-t-il en me serrant le bras. Aurais-tu un amant sublime qui te satisfait pleinement ?

Au fond du couloir, je surpris le regard affolé de Naomi. Elle s'échappa dans sa chambre. Simon recula. Je fermai la porte. J'allai la voir. Prostrée dans son lit, elle sanglotait. Je pris ma fille dans les bras, nous restâmes enlacées, dans nos larmes mêlées de femmes.

Le soir, je n'arrivais pas à dormir. Tapie dans le noir, j'avais l'impression d'entendre ses pas. Naomi non plus ne se couchait pas. Elle errait dans le couloir, telle une âme en peine.

Il fallait que je m'échappe.

Avant de retrouver Sacha, je me préparais en hâte dans la salle de bains, me douchais, me parfumais, me maquillais. Dans le miroir, avant de partir, je regardais mon visage empourpré de chaleur. Je sortais comme une voleuse, un animal traqué, me glissant hors de l'appartement à la sauvette. Je descendais,

Sacha m'attendait au volant de sa voiture. Sur le siège arrière, il y avait souvent un cadeau pour moi. C'était parfois un vêtement, un bonnet et des gants, ou un bijou que je portais, jour et nuit. Ces petites attentions m'enchantaient. Elles pansaient mes blessures. Lorsque je revêtais ses pulls ou lorsque je portais ses bijoux, il se réjouissait de mon bonheur d'enfant comblé. Sa générosité me gratifiait. Simon ne m'offrait jamais rien : même pour mon anniversaire.

Mille pensées inquiètes et amoureuses célébraient, silencieuses, ces heures heureuses. Comme si l'amour était un être autonome qui me faisait agir presque malgré moi. On acceptait notre vie passée, nos enfants, on se montrait des photos. Puis un jour, vinrent les présentations. Je voulais que Naomi le rencontre, mais sans lui dire qui il était. Lorsqu'il entra chez moi, un après-midi, ma fille fut si confuse qu'elle alla se cacher. Elle était très émue. Elle s'identifiait à moi, elle ressentait ce que je ressentais, elle était amoureuse, au premier regard. Tellement troublée qu'il ne pouvait même pas l'approcher. Il l'apprivoisa en allant dans sa chambre. Doucement, elle s'approcha de lui et lui parla.

Parfois, il me faisait des surprises : il passait en bas de chez moi, juste pour m'enlacer, pour me faire un baiser et repartir. Il venait me chercher le dimanche, on marchait ensemble dans la rue avec son fils et ma fille, il leur achetait un strudel chez Korkaz, rue des Rosiers, et je me disais que j'étais en train de vivre le moment le plus romantique du monde. D'autres fois encore, il venait me surprendre au petit supermarché où je faisais mes courses avant shabbat : lorsque j'étais encore mariée, j'achetais des bouteilles de vin de kiddouch pour y noyer mon malheur. Il m'accompagnait, regardait ce que je prenais avec curiosité, me faisait rire. Entre le rayon des produits frais et les produits ménagers, c'étaient des moments de grâce. Ce n'était guère prudent : des voisins, des gens de la communauté nous virent ensemble. Plusieurs fois, je lui fis signe de s'éloigner, il obtempéra, sans comprendre pourquoi.

Nous passions de longs moments enlacés. Sous ses baisers, je me laissais faire, avec peur, avec appréhension, avec remords, avec culpabilité et avec joie, mais je me refusais de céder à la tentation de devenir sa maîtresse. Et lorsque je me retrouvais dans ses bras, lorsque tout basculait, dans la voiture sur les quais, avec la tour Eiffel qui scintillait devant nous, j'étais envahie d'un bonheur coupable.

Lors du shabbat à la synagogue, je priais pour avoir la force de résister. Simon s'y rendait, revêtait son châle de prières, ouvrait son rituel, la tête haute, se balançant d'avant en arrière, comme si de rien n'était. Il embrassait les rouleaux de la Torah. Personne ne se rendait compte qu'il était en train de les profaner. Il semblait très proche du rabbin Amoyal. Il siégeait à ses côtés et proférait des bénédictions. Lorsqu'il descendait du pupitre où avait lieu la lecture de la Torah, il serrait la main des fidèles avec effusion. Il était gentil avec tout le monde, tellement plein d'attentions et de dévotion. Lorsque venait le moment de la bénédiction du peuple par les Cohen, descendants des prêtres du Temple de Jérusalem, il prenait Naomi sous son châle. Elle se lovait, toute petite, contre lui. Je savais qu'elle l'aimait. C'était son père. Je savais aussi qu'elle avait le cœur brisé. Elle était hantée par des idées morbides. Comment trouver la force de persévérer lorsqu'elle levait vers moi ses yeux remplis d'innocence et de peine ?

Un shabbat, on lut dans la Bible le passage concernant David et Bethsabée : une histoire d'adultère. Et pourtant, selon la tradition, c'était de cette union que venait le Messie. J'écoutais l'officiant en suivant le texte sur mon livre. J'étais absorbée dans la vision des personnages. Je pensais à Bethsabée qui s'immergeait dans le bassin d'eau de pluie, derrière la ruche, et que le roi David contempla. Selon la Kabbale, ils étaient les deux moitiés d'un couple originel, comme Adam et Ève. Le premier mariage de Bethsabée était une erreur ou, plutôt, une errance. Ainsi, à chaque naissance, il y aurait un homme et une femme qui seraient prédestinés l'un à l'autre. Et tout le problème est de savoir qui est le compagnon de son âme. Les kabbalistes disputent des différentes stratégies que l'on peut mettre en œuvre pour retrouver sa véritable moitié, et ils expliquent pourquoi l'on souffre lorsqu'on échoue. Comment savoir quel bien se trame à travers le mal ? Et quel mal à travers le bien ? J'avais été malheureuse en me mariant selon la loi, j'étais la plus heureuse du monde de vivre cet amour interdit. Je regardai Simon, qui suivait la Torah avec application, Simon le fidèle, Simon le pur, le serviable, le zélé Simon, le séduisant Simon. Il avait le masque du Bien et il était mauvais, pourri à l'intérieur. Pourquoi ? Pourquoi avait-il fallu que je le rencontre, et par quel chemin devais-je passer pour m'en délier ? Peut-être jamais ? Peut-être était-ce cela, le péché originel ? Le péché d'imagination : celui d'avoir choisi un homme qui n'était pas celui que je croyais. Celui de n'avoir pas su voir la vérité. Ou celui d'avoir voulu la connaître ? Connaître le mal : c'est se retrouver hors du Paradis. Il aurait fallu ne pas savoir. Pourquoi n'arrivais-je pas à trouver l'équilibre, entre le Bien et le Mal, et pour quelle raison obscure avais-je choisi la voie du Néant pour obscurcir mon âme ? Étais-je frappée de l'éternelle damnation, poursuivie par mon bourreau, celui que j'avais choisi pour moi, à jamais ?

14.

La période d'impureté rituelle venait de se terminer, et le soir tombait sur la ville. Je me pressai, avant
que la nuit ne vienne, vers la rue du Temple, où était
le miqweh. Dans la petite pièce mal éclairée, je découvris mon corps au jour qui s'achevait. Je fermai les
yeux, m'immergeai dans l'eau du bassin. Je sentis la
douceur, dans laquelle j'enfouis ma tête, et mes cheveux dessinaient des ombres dans la lumière.

Au fond, tout au fond de l'eau, je pensai à ma vie
passée, à toutes les fois où, mariée à Simon, à la fin
de cette période, je me demandais s'il viendrait vers
moi. Mais je savais bien que Simon ne m'attendait
pas derrière la porte, comme les époux de mes amies
lorsqu'elles rentraient du bain rituel. Après les jours
d'abstinence, elles se pressaient gaiement vers leur
domicile. Moi aussi, j'étais impatiente. En me voyant
les cheveux mouillés, Simon sortait aussitôt, prétex-
tant une urgence ; et je m'étendais seule dans mon lit
glacé.

Il ne me regardait pas lorsque je revêtais ma robe
de shabbat. Et il détournait les yeux lorsque, le soir,
je l'enlevais, dans la pâleur de la lune. Lorsque j'allu-
mais les lumières et prononçais tout bas la prière, il

sortait de la maison car il savait que la loi demandait à l'époux de s'unir à son épouse. Mais le soir, aussitôt le repas achevé, par un long bâillement, il annonçait un état de fatigue intense dû au travail qui le laissait, semblait-il, exsangue.

Lorsqu'il s'endormait à côté de moi, je regardais son corps, ce corps d'homme, et, parfois, j'osais l'effleurer du bout des doigts : j'espérais pouvoir surprendre son désir pendant son sommeil. Mais il était sans vie ; et je restais seule, humiliée, délaissée. Était-ce donc cela, la vie des époux ? Pourtant je savais que le judaïsme aime l'amour dans toutes ses dimensions. Au lieu de mépriser le corps, il l'exalte et exhorte à s'en réjouir. Une nuit de miqweh, je le suppliai de venir à moi, il me repoussa. J'étais tombée. Avilie, meurtrie, je me traînai encore à ses pieds : il aurait préféré mourir que m'aimer.

Lorsque je lui demandais pourquoi, lorsque, rentrant du miqweh, je m'étonnais, au début de notre mariage, qu'il ne vînt pas vers moi, il répondait qu'il était préoccupé par son travail. Depuis qu'il avait son cabinet, il se sentait oppressé par les responsabilités et les charges. En fait, il se plaisait avec ses amis. Il aimait leur virile compagnie, au point d'en être exalté lorsqu'il sortait avec eux.

Dans le miroir de l'eau, je contemplai mon reflet. N'étais-je pas désirable ? N'étais-je pas belle ? Je m'immergeai dans le bassin. Au fond, je pouvais oublier. Oublier ce moment où, alors qu'il sortait de la maison un soir de miqweh, je l'avais suivi. Je m'étais dissimulée dans les ombres des ruelles, je m'étais glissée dans ses pas, dans les quartiers sombres, je l'avais vu rentrer dans un bar… J'avais attendu, il ne sortait pas. J'étais entrée par la porte entrebâillée… J'avais entendu la voix de mon mari au milieu d'éclats de rire… Je m'étais avancée, et j'avais su. Simon riait, à gorge déployée. Je ne l'avais jamais vu ainsi. Voilà, il préférait la compagnie des hommes à la mienne. Fallait-il que je fusse plus amère que la mort pour qu'il me méprisât. Il préférait les hommes : mais il serait mort plutôt que de se l'avouer. En parlant haut et fort, en exhibant les femmes comme des trophées, il faisait croire à tous qu'il les désirait, mais en vérité, il les détestait, du plus profond de son cœur.

L'eau ruisselait sur mon corps lorsque je sortis du bain. J'étais restée si longtemps que j'aurais pu ne pas remonter. Je me serais évanouie et, peu à peu, je me serais glissée dans la mort comme dans un doux manteau. J'ouvris les yeux, dans un vertige. Je me vêtis et sortis dans la rue.

Et c'est alors que je l'aperçus. Il m'attendait. Depuis quand m'avait-il suivie ? M'avait-il vue arriver par hasard, alors qu'il rentrait chez lui ? Pendant un instant, je restai devant lui, à la fois surprise et hypnotisée. Ce regard, posé sur mon corps, dessinait ses contours. Une pleine présence par laquelle, soudain, je me sentis plus nue que dans l'eau. Une chaleur vint empourprer mes joues, entre l'excitation et la honte, entre le désir et la pudeur, envoûtée. Je m'oubliai presque dans ce bonheur.

Il cherchait un moyen de me capturer et je sentis la quête éperdue de cet homme m'envahir au plus profond de moi. Il me voulait. Même si ç'avait été la fin du monde, il m'aurait voulue. Il me convoitait, et il était clair qu'il ferait tout pour arriver à ses fins. Il me désirait, au point de faire tomber tous les obstacles. Celui d'un mari. Celui de l'adultère. Et s'il eût fallu faire reculer la nuit, il l'aurait fait.

Alors, je n'eus plus peur d'affronter le regard de l'homme. À mon tour, je détaillai son visage, ses joues roses comme un parterre embaumé, ses lèvres, ses mains. Il me contemplait, avec une intensité telle que mon ventre s'en émut. J'entendis la sonnerie de mon téléphone : c'était lui qui m'appelait, de l'autre côté de la rue. Je décrochai et entendis sa voix.

— Traverse et rejoins-moi.

— Mais c'est impossible. Pas maintenant. Les femmes de la communauté viennent toutes ici. Je ne peux pas être vue avec toi devant le miqweh... C'est trop intime. Elles comprendraient tout de suite.

Il se tourna vers la vitrine d'un magasin dans lequel se reflétait son visage, j'avais le timbre de sa voix au fond de mon oreille.

— Ce désir qui ne cesse de croître depuis des mois et que j'ai réussi à contenir, je ne peux plus le retenir, dit-il.

— Laisse-moi un peu de temps.

— C'est une torture, un supplice, au prix d'une volonté terrible. Tu parles de temps, et je veux bien le prendre pour susciter ton désir, le faire croître au même niveau que le mien. Mais c'est dur... Toutes mes soirées se déroulent dans le manque, et mes nuits sont peuplées de rêves de toi. Depuis des mois, je retiens mon souffle comme un plongeur en apnée.

Nuit et jour, je pense au moment de tumulte où nos deux corps se rencontreront.

Je fermai les yeux, sentant monter le feu au fond de moi. Chavirée, parcourue par un frisson, je fus embrasée par une tension fébrile. Je m'autorisai à imaginer son odeur d'ambre et le contact de sa peau. Le désir fit battre mon cœur et toutes mes veines, dans la joie et le tourment. Je compris, soudain, tout l'écueil de ma vie et le mensonge construit à son sujet… J'entendis ce que je n'avais pas su voir. Et je sentis une vitalité nouvelle m'envahir, comme une sève qui monte et qui, me rendant femme, me faisait vivre. Je vis, à travers le reflet de la vitrine, les yeux de Sacha y plonger, doucement, fortement, fermement, lentement, passionnément. Il y avait en eux tout le pouvoir du monde. La tension même de l'être. Son regard m'ensorcela. Et, au moment où l'ombre vivante du désir emporta mon corps et mon âme, je sus que j'étais à lui, et qu'il était à moi. Que l'amour est aussi fort que la mort. Et comme le regard d'un homme peut tuer, le regard d'un homme peut donner la vie.

15.

Je n'avais plus de nouvelles de Simon ni du guet qu'il avait promis de me donner avant notre départ à la montagne. Lorsqu'il raccompagnait Naomi, il la laissait monter les escaliers seule, sans jamais apparaître. Je compris alors qu'il m'avait manipulée et qu'il n'avait jamais eu l'intention de me rendre ma liberté. Je m'étais laissé piéger. Comme j'étais naïve, encore ! Partout où je me tournais, il n'y avait que le vide, le néant de ma vie passée, et la béance de la vie nouvelle qui s'offrait à moi. J'étais perdue, bouleversée, chagrinée jusqu'au désespoir, dans une tension terrible. Lorsque Naomi n'était pas là, je dînais seule dans ma cuisine en envoyant des textos à Sacha. Après le travail, j'allais voir mes parents. Mon père était en train d'écrire dans son bureau qu'il avait transformé en atelier. Recopier les cinq livres du Pentateuque sur un parchemin lui prenait environ un an de travail. Penché sur son texte, il s'appliquait avec une grande concentration. Chaque lettre doit être parfaite dans sa forme et dans sa dimension. Il écrivait avec son roseau et de l'encre noire sous les lignes gravées sur le parchemin. Je le regardais dessiner ses lettres au tracé si précis et si fin qu'on aurait dit qu'elles allaient sortir du texte pour s'élever vers le ciel en dansant une ronde. En étaient-elles capables ? Ou resteraient-elles inscrites pour l'éternité ? La loi écrite perd toujours ce qu'elle prétend dire. L'expérience de la Révélation n'est-elle pas parole de vie ? Les Anciens pleurèrent lorsque les premiers scribes décidèrent de retranscrire la loi orale. Le danger de l'écriture est semblable à celui de l'image : la confiscation de la parole par le texte immuable.

Je ne voyais plus guère mes sœurs ni mon frère qui désapprouvaient mon choix. Je sentais bien qu'une distance s'était instaurée entre nous. C'était comme si tous les torts étaient de mon côté. Comme s'ils avaient peur de moi. Mon frère avait cessé de m'inviter pour le shabbat. Mes sœurs ne m'appelaient plus pour prendre de mes nouvelles. Un de mes beaux-frères avait rapporté à mes parents que l'on m'avait vue avec un homme. Sans le guet, s'offusquait-il. Qui était-il pour me juger ? Qui étaient-ils, ceux qui parlaient ? Les parangons de la vertu et de la morale. Moi, j'étais comme la peste : j'avais quitté mon mari. J'avais brisé le tabou. Tout était ma faute, sous ma responsabilité. C'était moi qui avais détruit la vie de mon couple et celle de mon enfant. J'étais coupable. Je ne méritais pas qu'il me donnât le guet. Ils voulaient que je ne rencontre personne, que je n'aie plus de vie amoureuse, que je finisse ma vie seule pour expier mon crime.

Avant un shabbat où Naomi serait avec son père, Sacha me proposa de venir chez lui. Après avoir beaucoup hésité, j'acceptai. D'une main tremblante, j'allumai les bougies. Les flammes vacillaient dans la nuit, leurs ombres dansaient sur les murs. J'avais quitté ma maison, mon mari, on m'avait enlevé ma fille. J'avais éteint mon téléphone, mon ordinateur, toutes les lumières de l'appartement. J'étais venue rejoindre l'homme qui avait séduit mon cœur. Les bougies diffusaient un halo mystique sur nos visages. Sacha avait acheté des salades, du poisson et des pains de shabbat chez un traiteur kasher. Tout était prêt. J'étais fatiguée. Il disposa les tranches de saumon sur l'assiette en carton qu'il avait pris le soin d'acheter. J'étais là, assise à table, incapable de manger, de dire un mot, prostrée.

Je pensais à mon mari, qui me maltraitait en même temps qu'il prétendait m'aimer, qui me haïssait en même temps que j'enfantais. Je pensais à cet homme qui me disait par le langage de l'amour, sans en penser un seul mot, ce que je rêvais d'entendre, cet homme disparu sans laisser de traces, ou plutôt en laissant des cicatrices. Quel était le sens de ce que j'avais vécu? Fallait-il que je traverse cette épreuve pour qu'il me fût donné de rencontrer Sacha? Et pourquoi cette relation elle-même était-elle une épreuve? Jusqu'à quand?

Nous parlâmes longtemps, pendant le repas, et après, les yeux dans les yeux. Sacha me posait beaucoup de questions sur ma façon de vivre, sur ce que je faisais et ce que je ne faisais pas. Il voulait connaître le sens du shabbat. Il voulait savoir ce qu'était une prière. Que cherchait-il à travers moi? Quelle réparation? Quelle réponse à quelle question? Je regardai son appartement, ses objets, ses meubles, carrés, sombres. Ses couleurs : pâles ou noires, dans le clair-obscur. Sa cuisine, son salon, son lit, organisés, rangés, droits… Sa façon de recevoir, sans fioritures, sans excès, sans chaleur mais avec élégance. Ce qui définissait tous ces éléments était la sobriété.

Il se leva, approcha sa bouche de la mienne. Puis nous nous sommes couchés dans son lit. Il me prit dans ses bras. Sa délicatesse me fit chavirer. Ses mains me lissèrent. Il suffisait qu'il me touche et je m'embrasais. Lorsqu'il effleura ma peau, ce fut mon âme qu'il fit sursauter. À travers mon corps, c'était ma vie qu'il caressait. Ma vie détruite, décharnée, ravagée. Alors oui, en effet, j'en sortis transformée, encore davantage que je ne pensais l'être, dans cette tension fiévreuse qui m'habitait juste avant le début du shabbat. Je ne savais pas qu'on pouvait faire l'amour en parlant, je ne savais pas qu'on pouvait se caresser en se disant autant de choses, je ne savais pas qu'on pouvait mélanger des mots, des sentiments, des idées dans une telle sincérité, j'ignorais qu'on pouvait avoir soif de connaître l'autre et d'être connue, en dehors de tout rapport de force. Ce qu'il lisait dans mon regard était le plus profond de mon cœur, il ne se trompait pas sur ce qu'il ressentait, le désir d'une vie qui ressemble à son cœur palpitant doucement contre mon cœur.

Cette nuit-là, chez lui, dans ses draps blancs, sous ses mains blanches, dans cette nuit blanche, enveloppante, nuit poétique sous la caresse qui me formait, qui m'informait, qui me réconciliait avec moi, avec la vie à deux, dans la douceur, le calme et le soin, cette nuit fut celle où enfin je m'abandonnai. Il m'embrassa, m'enlaça, m'emmena vers lui, et lui vint vers moi. Ce fut un ravissement dans lequel j'essayai de rester moi-même, m'accrochant à mes piliers, foudroyée par sa présence. Un trou dans le temps, un autre espace, un mystère. Qu'est-ce qu'une prière ? Il me semble que ce n'est pas autre chose.

16.

Après cette nuit, je rentrai chez moi, terrassée par la culpabilité. J'en voulais à Sacha de m'avoir entraînée vers la faute. J'étais prise par des sentiments de bonheur extrême, d'horreur de briser un tabou et d'effroi devant mon désir de recommencer. Commettre une faute, parce que l'on s'est laissé emporter par la magie d'un moment, c'est pardonnable. Assumer sa fragilité, se faire pardonner, pour s'amender, devenir meilleur. Mais n'aspirer qu'à réitérer cette faute, s'en rendre coupable, non par inadvertance, mais par choix, en pleine conscience, s'en délecter par avance, se réjouir d'y céder, y trouver, pas seulement le bonheur, mais la félicité suprême : voilà qui était déroutant.

Le lundi matin, en me rendant au Consistoire, j'appris par le rabbin Benattar que mon mari était venu après une nouvelle convocation. Cette fois, pour éviter de me donner le guet, il avait dit que nous vivions toujours ensemble. Ainsi, il n'avait pas à me le remettre. Le rabbin Benattar n'était pas dupe de son jeu. Il avait l'habitude de ce genre d'atermoiements des maris qui veulent se venger de leur femme ou encore de ceux qui utilisaient le guet pour exercer une forme de chantage.

— Est-ce qu'il vous a fait une demande ? questionna le rabbin Benattar.

— Non.

— Je pense qu'il va vous faire une proposition financière.

— J'ai déjà répondu à toutes ses demandes financières dans le cadre de la procédure civile. J'ai cédé à tous ses chantages, sans que cela ne mène à rien. Je n'y crois plus.

— Madame, me dit-il en me regardant dans les yeux, un guet, ça s'achète. Il faut attendre la proposition financière de votre mari et, si vous le pouvez, acceptez-la.

— C'est vous qui le dites, répétai-je.

— Réfléchissez, dit-il, d'un ton sec. Tout est entre les mains de votre mari.

— Vous ne pouvez pas l'obliger à le donner ? Tenter de faire pression sur lui ?

— Il est écrit que si l'on oblige un mari à donner le guet, le guet n'est pas valable.

— Mais Maïmonide dit que si un mari refuse de donner le guet, le tribunal rabbinique peut l'y contraindre par la flagellation ! Jusqu'à ce qu'il dise : « J'accepte de donner le guet. »

— Que voulez-vous, madame, que nous fassions venir votre mari ici, et que nous le frappions ?

Il se rapprocha de moi.

— En attendant, je vous mets en garde contre les bruits qui circulent dans la communauté.

— Quels bruits ?

— Soyez prudente. Si jamais vous étiez avec quelqu'un, et que cela se sache, tant que vous n'avez pas le guet, vous serez considérée comme une femme adultère. Et alors, vous ne pourriez plus jamais sortir de votre état adultère car aucun rabbin n'aurait le droit de vous marier avec cet homme, même après avoir obtenu le guet.

Je sortis du Consistoire, j'appelai Simon : j'étais terrifiée par les rumeurs qui avaient pu circuler sur Sacha et moi. J'étais hors de moi.

— Combien ? criai-je. Combien tu veux pour le guet ?

— Ta part de l'appartement, répondit-il.

Je raccrochai, désemparée. Un guet, ça s'achète. Mais à quel prix ? Tout ce que j'avais gagné dans ma vie, je l'avais mis dans cet appartement. Je n'avais rien d'autre.

Je rentrai chez moi. J'avais le cœur qui battait à tout rompre d'un désir de vengeance et d'une colère effroyables. Comment était-ce possible ? Comment la loi juive permettait-elle une telle injustice ? Comment avait-il osé ? Et pourquoi le rabbin Benattar m'avait-il assuré qu'« un guet, ça s'achète » ? Non, ce n'était pas possible. C'était une blague, un canular. Je pris le téléphone, composai le numéro du rabbin Benattar, lui annonçai que mon mari avait fait une proposition, en effet.

— Combien ? demanda-t-il.

— Ma part de l'appartement.

— Et cela vous gêne de lui laisser votre part ?

— Comment, cela me gêne ! Bien sûr, cela me gêne. C'est moi qui ai payé les mensualités et qui ai mis la somme de départ, il n'y a aucune raison pour que je lui laisse ma part. Je vais me retrouver sans rien.

— Non, dit-il, au bout d'un silence. Vous aurez votre guet. Vous aurez votre liberté. Vous pourrez même vous remarier… Vous voulez vous remarier ?

Je sentis le piège.

— Éventuellement. Plus tard. Rien de précis pour le moment.

— Alors, j'ai bien peur que vous n'ayez pas le choix.

17.

J'arrivai rue de Turenne, en bas de chez Sacha. Je regardai à droite et à gauche pour voir si je n'étais pas suivie. J'avais peur, à présent. J'avais l'impression d'être épiée. Il me sembla reconnaître, de l'autre côté du trottoir, une femme que j'avais vue à la synagogue, qui se rendait certainement au miqweh, vers la place de la République. Je composai le code rapidement, j'entrai. Sacha me prit dans ses bras.

— Tiens, dit-il, j'ai un cadeau pour toi.

J'ouvris le paquet qu'il me tendait. C'était une petite robe noire, près du corps, le genre de robe que je ne regardais pas, que je ne me serais jamais permis de porter. Je m'habillais plutôt de vêtements pudiques, de robes serrées à la taille, mais longues. Les habits cachaient ma féminité. Je n'aimais pas qu'on me remarque, cela me mettait mal à l'aise.

Je mis la robe de Sacha. Dans son œil s'alluma la flamme du désir. La robe exaltait les formes et les contours. Étroite comme un corset autour du buste, elle s'épanouissait en corolle telle une fleur à partir de la taille, évoquant l'acte d'amour, car c'est là, entre les jambes, que la fleur se cache, et c'est là aussi qu'elle s'ouvre et se déploie.

Je pensai alors au tikkoun, à la réparation. Sacha pansait toutes mes blessures. Il m'apprenait que le respect pouvait exister dans un couple. Le respect de l'autre : il m'acceptait différente de lui et ne cherchait pas à me rendre semblable. Il m'enseignait l'égalité : aucun de nous deux ne valait plus que l'autre, aucun ne traitait l'autre en objet ni en sujet. Nous étions face à face : dans l'harmonie, la résonance, la différence. Les yeux dans les yeux. Et la musique de notre conversation reprit, ce qui se disait à travers tout ce qui ne se disait pas, ce qui n'arrêtait pas de se murmurer, autrement que par les mots, se glissant à travers eux comme l'eau de la fontaine. Une eau qui ne cesse pas de couler, cette eau originelle qui nous fait vivre, et l'eau du bassin souterrain, cette eau du miqweh purifiante, dans laquelle on s'immerge pour être différent, pour se laver de toutes les impuretés, mais sans les oublier : sortir et être prête à aimer.

Je sais maintenant qu'il existe deux types de personnes : les métaphysiques et les non-métaphysiques, les pragmatiques, les matérialistes. J'étais aux antipodes de ces derniers, j'avais le plus grand mal avec tout ce qui concerne la matière. Mais l'âme, oui. L'union de deux êtres, non dans la fusion mais dans la séparation et le respect, deux altérités qui se rencontrent.

Le désir était une déchirure, une fulgurance, une onde, un frisson qui parcourait tout mon corps, montait, ne cessait de monter. J'étais une funambule sur un fil, entre terre et ciel, soulevée, transfigurée, transportée, aimantée par lui. Mon cœur de glace s'était mis à fondre. Il avait ouvert la brèche, il m'avait rendue humaine. C'était comme un rite et je compris à quel point avec Simon je n'avais pas rencontré le bon partenaire, je ne réussissais pas à l'emmener dans mon monde, j'y allais seule, dépitée le plus souvent...

Alors je sus qu'il se passait quelque chose d'inouï et d'irréversible, de bouleversant et de violent. Ma tête tournait. Il me faisait vibrer comme un instrument. Douceur dans la force, force dans la douceur. Il me donnait tout, et je lui donnais tout. Chaque jour, il apprenait un peu plus de moi, et chaque jour, j'apprenais de lui, dans la patience, l'effort, la persévérance, la proximité – et la distance. Et plus je le connaissais, plus j'avais l'impression d'être moi.

Je sentis son souffle sur mes épaules, ma nuque, mon cou, je savais ce qui allait arriver, je ne pouvais l'éviter, ce que secrètement je désirais plus que tout au monde.

18.

Dehors, il faisait beau. Un vent printanier caressait les arbres de la place des Vosges. Je m'arrêtai un instant, pour contempler le carré parfait des immeubles autour du jardin. J'étais pauvre, j'étais riche : riche de ma libération.

L'avocate m'avait dit que l'appartement me revenait dans le partage du patrimoine. Alors je lui avais répondu que je désirais tout laisser à Simon. Elle m'avait regardée, l'air interloqué. Cette femme d'une soixantaine d'années, élégante, déterminée, active dans la défense du droit des femmes, ne comprenait pas vraiment quel était le problème avec le guet.

— C'est important pour vous ? dit-elle, incrédule.

— Oui. C'est pour cette raison que mon ex-mari fait traîner la procédure. Il a dit aux rabbins que nous n'arrivons pas à nous entendre au sujet du partage patrimonial, c'est pourquoi il ne peut pas me donner le guet. Il faut donc en terminer le plus vite possible.

— Selon la loi française, dit-elle, le divorce religieux doit être effectué après le prononcé du divorce civil.

— Oui, mais la loi ne l'oblige pas à le faire.

— La loi évite d'interférer dans les affaires religieuses. C'est la même chose pour les lois musulmanes, ou encore pour les catholiques, qui n'ont pas le droit de se remarier à l'église après un divorce.

— Mais si la loi ne nous protège pas, nous les femmes, qui le fera ?

— Vous pouvez intenter une action au civil contre lui pour chantage, ou pour violence morale, car, depuis peu, la violence psychologique est appréhendable juridiquement.

— Et après ? Comme l'homme doit avoir la toute-puissance d'accorder le guet, les rabbins n'acceptent pas un guet donné sous la contrainte.

— Mais vous comprenez ce que vous êtes en train de faire ? dit-elle. Vous renoncez à tout ce qui est à vous. Ce que vous avez mis dix ans à construire.

— Oui.

— Vous avez réfléchi ?

— Je ne peux pas agir autrement.

— Vous allez devoir renoncer à votre bien. Vous lui donnez ce qui vous appartient. Vous comprenez ça ?

— Je sais.

— Écoutez, je vous demande de prendre un petit temps de réflexion avant de vous lancer dans quelque chose d'aussi inconsidéré. Vous avez l'air épuisé. Détendez-vous, marchez, faites du sport ! Prenez un peu de recul. Je crois que vous êtes fatiguée et, sous la pression, vous êtes en train de faire une bêtise que vous ne pourrez plus rattraper par la suite. Après que le tribunal civil a prononcé la liquidation du patrimoine, la répartition devient définitive.

Je rentrai chez moi en me disant que le rabbin Benattar avait raison : la liberté, ça s'achète. Parfois cher. Je racontai une histoire à ma fille. Je séchai les larmes qui embuaient ses yeux, comme chaque soir. J'avais eu une enfant gaie et joueuse. Elle était devenue triste, pensive et taciturne. Déchirée en deux. Elle aimait son père : je ne pouvais rien lui dire de ce qu'il était en train de faire. J'étais obligée de le taire, le garder enfoui au fond de mon cœur et dans le désespoir secret de mon âme. Mais même lorsqu'on se tait, on ne cache rien aux enfants. Tels de véritables anges, ils ne disent rien, mais ils savent tout. Ils ensevelissent leur déception dans leurs cauchemars et leurs insomnies.

Lorsqu'elle fut endormie, Sacha arriva. Il entra discrètement chez moi, presque timidement. Je l'entraînai dans ma chambre. Nous prîmes place sur le lit. Il m'entoura de ses bras. Je me laissai aller à la tendresse de ses caresses. Aimantée par sa peau, accrochée à ses mains, je me collai à lui en le respirant. Je sentis une note légère, quelque chose d'aérien. Un espace ouvert, un jardin de printemps, un matin d'hiver, du savon, de l'eau qui coule d'un robinet sur un lavabo blanc : la lumière.

Soudain, j'entendis des pas dans l'appartement. Je sursautai. Il était tard. Ces pas, je les reconnaissais. Ce n'étaient pas ceux de Naomi. Je me mis à trembler. Sacha se leva. Mais je le retins : j'avais peur que ce ne fût Simon. S'il le voyait, il pourrait témoigner que nous étions ensemble, et nous ne pourrions plus jamais nous unir. Je finis par avancer seule dans le couloir. C'était lui, en effet, qui était entré avec sa clef dans l'appartement.

— Je vais appeler la police, dis-je en composant le numéro.

— Vas-y ! Ne te gêne pas ! Tu oublies simplement que tu es chez moi !

Une porte séparait deux hommes : le mari et l'amant. Deux mondes, deux conceptions de l'amour, deux conceptions de la femme. Deux visions de la vie. Deux principes extrêmes.

— Tu as renoncé à l'appartement. Tu as huit jours pour le quitter, dit-il. Et au fait… le guet, Anna. Tu croyais que tu allais m'acheter ? Jusqu'où es-tu capable de ramper pour l'avoir ? Tu crois que je n'ai pas compris ton petit jeu ? Tu ne l'auras jamais, ton guet ! Tu es ma femme et tu ne peux rien faire contre ça !

19.

Après la scène de la nuit, j'étais terrorisée. Je rassemblai mes affaires, en hâte. Je fis les paquets, les paquets de ma vie. Je ne gardai que le strict nécessaire. Je ne voulais rien emporter de cet appartement, aucun objet, aucun meuble, aucun souvenir. Je partis avec ma fille et mes valises dans un studio perché sous un toit, non loin de la librairie, dans lequel je m'installai, comme une étudiante. De tout ce que j'avais construit, de tout ce que j'avais gagné, de tout ce que j'avais cru, il ne restait rien. En dehors des périodes de fêtes, les livres ne se vendaient pas bien et je vivais dans la peur du lendemain. Mais libre : défaite de ce toit qui n'abritait que mon malheur. Ou du moins, dans une semi-liberté, puisque j'étais libre, mais pas libérée. J'étais soumise au bon vouloir d'un homme : il régnait sur ma vie comme un maître sur son esclave.

Je continuais de voir Simon, quand il ramenait Naomi, par la porte entrouverte, et sans lui parler. Elle revenait de chez lui dans un état d'angoisse et de tristesse insondable. Elle ne dormait plus. Elle errait la nuit comme une âme en peine. En classe, elle avait de mauvais résultats, si bien que nous fûmes convoqués par la directrice et les maîtresses de son école.

Celles-ci nous dirent que Naomi était fermée sur les apprentissages et sur elle-même aussi. Elle avait du mal à faire ses évaluations, elle avait des difficultés à soutenir l'effort de concentration nécessaire. Elle ne comprenait pas les enjeux. Discrète, effacée, elle ne montrait pas d'émotion quand tous ses exercices étaient faux. Elle était absente.

Je ne savais plus que faire pour l'aider, alors que j'étais moi-même plongée dans l'horreur, incapable de la rassurer, lorsque j'avais besoin d'être rassurée. Simon ne se rendait-il pas compte de tout le mal qu'il faisait ? Ou plutôt le savait-il et agissait-il dans ce sens, délibérément ?

Je n'avais pas beaucoup parlé à ma famille du chantage qu'exerçait Simon. J'en avais honte, je me sentais fautive. J'avais remarqué que lorsque je me confiais à mon frère ou à mes sœurs, leurs visages se figeaient. Cela les mettait mal à l'aise. Ma belle-sœur me regardait avec un air narquois. Je savais, par des amies communes, qu'elle parlait de moi à la synagogue. Pour se faire accepter, elle dressait subtilement les uns contre les autres. J'aurais aimé avoir un frère protecteur et fort, qui n'ait pas peur d'affronter Simon. Mais malgré le mépris que Simon affichait pour lui – « ton frère, ma puce, c'est un pauvre type, complètement raté » –, mon frère lui vouait une sorte d'admiration contrite. Mes sœurs ne prenaient pas parti. Une conspiration du silence entourait ma détresse de barrières mutiques ou dissonantes. Ma mère m'écoutait en me plaignant et en regrettant son impuissance. Mon père me considérait avec une inquiétude grandissante. L'âge lui avait courbé les épaules, mais sans obscurcir son doux regard, d'un bleu limpide. Il parlait de façon parcimonieuse, avec un accent oriental, comme s'il pesait chaque mot avant de le laisser choir. Ses longs doigts dessinaient alors des figures imaginaires destinées à expliciter sa pensée.

— Je sais, murmura-t-il un soir, les yeux perdus dans le vague. Cette loi est absurde.

— Tu es contre, alors ?

— Bien sûr, je suis contre. Mais que faire, les rabbins ne la changeront pas. Cela fait tellement longtemps qu'il en est question. Les rabbins refusent, avec obstination, comme s'ils avaient peur…

— Peur de quoi ?

— Peur des femmes, je suppose !

— Je suis sûre qu'il existe une solution.

— Il en existe toujours, ma fille. C'est vrai, les rabbins trouvent toujours des solutions. C'est ainsi que le judaïsme a survécu pendant tout ce temps.

— Et si je venais à rencontrer quelqu'un que j'aime, avec qui je voudrais me marier ? demandai-je.

— Tu ne pourrais pas l'épouser.

— Mais c'est injuste !

— J'ai bien dit l'épouser, ajouta-t-il avec un sourire malicieux. Je n'ai pas dit l'aimer.

— Et si je voulais avoir d'autres enfants ?

— Ce serait impossible. Imagine ce que ce serait de donner naissance à un mamzer. Il ne pourrait rien faire pour sortir de sa situation, et ce, pour dix générations !

— Alors, je n'ai droit à aucune vie sans le guet ?

Les larmes me montèrent aux yeux. À chaque fois que j'en parlais, c'était la même chose. L'émotion m'envahissait, je ne trouvais plus les mots pour dire ce que je ressentais ; sinon par des pleurs d'enfant.

— Et si j'avais un enfant avec un non-juif ? demandai-je. Il serait bâtard ?

Mon père se mit à réfléchir, les yeux mi-clos.

— Non, dit-il. Il ne le serait pas.

20.

Une fois de plus, je repris le chemin de la rue de la Victoire, vers le Consistoire. Dans le bus qui m'y emmenait, devant moi, il y avait un couple avec un bébé. Les parents étaient beaux et joyeux autour de l'enfant qui dévorait le monde de ses yeux grands ouverts. La jeune femme aux yeux bleus était rayonnante. Ils étaient parfaits, tous les trois. Pourquoi pas moi ? J'avais le cœur serré. Je voyais défiler le temps. Ce temps qui jouait contre moi. Ce temps des femmes qui avance plus vite. Chaque mois, il s'inscrit dans le corps, rappelant que, du temps, il n'en reste que peu. Chaque jour, chaque heure, chaque minute nous est comptée. Chaque année, les rides se creusent. Plus tard, le corps s'alourdit, mais ce n'est pas sous le poids d'un enfant. Où est partie ma jeunesse ?

Je sonnai à la porte où se trouvaient les gardiens de la sécurité. Je n'avais plus besoin de me présenter ; ils connaissaient mon visage. Je montais à l'étage des guets, mais cette fois au secrétariat du rabbin Altman, qui dirigeait le service des divorces. Il y avait là un homme un peu fort à la barbe clairsemée et au regard vif, qui trônait dans le bureau, les yeux rivés à l'écran de son ordinateur.

— J'ai été convoquée par le rabbin Altman, dis-je.

— Vous pourriez frapper avant d'entrer, dit-il, l'air arrogant.

— J'ai frappé. Vous ne m'avez pas entendue ?

— Vous ne pouvez pas le voir, dit-il. S'il recevait tout le monde, il ne pourrait plus diriger ce service. Je suis le rabbin Soussan, son assistant.

C'était mon jour de chance. J'avais affaire à un rabbin sarcastique.

— C'est important, dis-je, sans me laisser démonter par la morgue du jeune coq. C'est lui qui m'a donné rendez-vous.

— C'est à quel sujet ?

— C'est privé. Je suis la fille de monsieur Attias, le scribe. Le rabbin Altman connaît mon père.

Il me regarda droit dans les yeux, d'un air de défi. Je compris qu'il voulait que je le supplie.

— Ah oui, madame Attal, nous avons eu des nouvelles de votre mari.

Il sembla hésiter pendant un instant.

— Je vais voir si je peux le déranger.

Le jeune rabbin disparut pendant quelques minutes, puis il revint. Il semblait plus détendu.

— Veuillez attendre quelques minutes, dit-il, le rabbin Altman va vous recevoir. Vous voulez un café ?

— Oui, merci.

Il demanda à la secrétaire de la pièce voisine d'apporter deux cafés.

Je patientai en buvant nerveusement mon breuvage. En posant la tasse, je faillis tout renverser, lorsque j'entendis la porte s'ouvrir.

Accompagnée du jeune rabbin, j'entrai dans le bureau de celui qui était en charge des guets au Consistoire. C'était une grande pièce, à l'ameublement simple, avec des bibliothèques, autour d'une table basse, de confortables fauteuils en cuir dans lesquels nous prîmes place.

Le rabbin Altman était un homme à la belle prestance, aux cheveux et à la barbe grisonnants, avec des yeux bleus perçants.

— Monsieur le Rabbin, dis-je, dans un souffle, un murmure, mon mari refuse de me donner le guet. Et je voulais savoir si vous pouviez faire quelque chose pour moi.

— Vous avez la kétoubbah ?

À nouveau, il fallut sortir la kétoubbah que je déroulai et lui tendis.

— C'est une kétoubbah faite à la main, dit-il en l'examinant attentivement. C'est votre père, je suppose ?

— C'est mon père.

— Je reconnais son écriture.

Pendant un moment, il y eut un silence. Le rabbin Soussan m'observait, l'air curieux, tandis que le rabbin Altman était en train de lire le parchemin.

— Votre mari, dit le rabbin Altman, je le connais. Je l'ai croisé à deux ou trois reprises. Ce que je vais vous dire va vous paraître étrange mais… il me semblait que vous ne marchiez pas au même rythme. Votre divorce se passe-t-il mal ?

— Très mal. Je suis divorcée depuis trois ans et mon mari ne veut pas me donner le guet.

— L'histoire d'un divorce est liée à l'histoire du mariage. Quand ce mariage a-t-il perdu pied ?

— Je pense qu'il n'a jamais vraiment eu pied…

À nouveau, je me tus. J'avais une boule dans la gorge qui m'empêchait d'évoquer ce sujet.

— Vous avez le même âge, vous et lui ?

— Il est un peu plus âgé que moi. Pourquoi ?

— Il y a une question de maturité qui joue. Je ne dis pas que les gens plus âgés sont plus sages, mais quand on est encore jeune, on a tendance à se comporter d'une certaine façon… qui passe avec l'âge… Vous avez essayé de vous rapprocher ?

— Oui. Nous sommes allés voir des psychologues de couples. Nous avons eu un entretien avec le rabbin de notre communauté. Si je viens vers vous, c'est qu'il n'y a plus rien à faire pour la paix du foyer.

— Quand avez-vous commencé la procédure ?

— Il y a quatre ans maintenant. Cela fait trois ans que le tribunal civil a prononcé notre divorce.

— Qui a pris l'initiative du divorce ?

— C'est moi qui ai pris l'initiative, mais on peut dire que c'est lui qui voulait se séparer de moi.

— Que voulez-vous dire par là ?

— Il a tout fait pour que je le quitte.

— C'est un homme qui vous était fidèle ?

— Oui. Ce n'était pas le problème.

— Et du point de vue financier ?

— Il n'est pas très généreux. On peut dire que c'est moi qui finançais le couple.

— Vous êtes mariés sous le régime de la communauté de biens ?

— Oui.

— Il gagne sa vie ?

— Très bien.

— Je ne veux pas vous accabler, intervint le rabbin Soussan, qui nous observait du coin de l'œil, mais votre attitude, c'est de manger la poussière. Vous prétendez qu'il gagne bien sa vie et, pourtant, c'est vous qui financiez la communauté, comment avez-vous pu accepter cela ?

— J'étais sous son emprise, je pense.

— Maintenant il a l'arme fatale, qui est celle du guet. Quelles sont les mesures de garde ?

— Il a notre fille un week-end sur deux et les mercredis.

— Il vous verse une pension alimentaire ? demanda le rabbin Soussan.

— Non. J'ai accepté de renoncer à tout pour obtenir le divorce civil et le guet le plus rapidement possible.

— Vous êtes propriétaire de votre logement actuel ?

— Je l'étais. Mais j'ai dû le quitter, car je lui ai laissé ma part afin qu'il me donne le guet.

— Depuis quand êtes-vous séparés de corps ?

— Depuis trois ans et demi.

— Jusque-là, vous étiez dans quelles dispositions ?

— Plutôt mauvaises.

— Pas de réconciliation ?

— Nous avons fait une tentative, qui s'est soldée par un échec.

— Dans quelle synagogue allez-vous ?

— Celle de la rue des Rosiers, habituellement.

— Son mari a été convoqué par le Consistoire, à deux reprises, précisa le rabbin Soussan. La dernière fois, il s'est présenté, et il a dit que lui et sa femme vivaient ensemble, donc il ne pouvait pas donner le guet. Il le connaissait, cet argument ?

— Je ne sais pas.

— Il en a été informé depuis, continua le rabbin Soussan, il savait qu'il sortirait du bureau la tête haute. Là où ce n'est pas joli joli, c'est qu'il s'est servi du guet devant le tribunal civil pour faire du chantage et maintenant qu'il a obtenu ce qu'il voulait, il ne le lui donne pas.

— Vous connaissez d'autres cas comme le mien ?

— Ça se fait souvent, dit encore le rabbin Soussan. On sait que les maris se servent du guet comme chantage, comme monnaie d'échange. Maintenant il nous a fait savoir qu'il était prêt à vous accorder le guet contre cinq mille euros.

— Pardonnez-moi, mais… ça ne vous choque pas ?

— Si la liberté d'une femme a un prix, dit le rabbin Soussan, ce n'est pas cinq mille euros qui vont faire sauter la banque : si votre mari accepte de vous donner le guet contre cette somme, pourquoi pas.

— Alors c'est vous qui me dites d'acheter mon guet ? Et une seconde fois ? dis-je.

— Que proposez-vous d'autre ?

Le rabbin Altman m'observait silencieusement.

— Ce que je propose d'autre ? Je voudrais reconstruire une autre vie, une nouvelle famille conforme à la loi juive, et peut-être… avoir un enfant…

En disant cela, je me mis à pleurer. Les larmes n'arrêtaient pas de couler. J'étais aussi surprise d'avoir prononcé ces mots que mes interlocuteurs de l'entendre.

Je ne pensais pas le dire, et certainement pas dans ce contexte. Je ne savais même pas que c'était dans mon cœur.

— Vous comprenez? dis-je en sanglotant, ça me bloque dans ma vie. Le problème n'est même plus celui de l'argent, puisque j'ai tout cédé. Le problème est qu'il me tient prisonnière. Ça peut durer combien de temps?

— Ça peut durer combien de temps? répéta le jeune rabbin. Vous pouvez faire une procédure civile, vous obtiendrez peut-être des dommages et intérêts, mais même le tribunal ne peut pas le forcer. Pour répondre précisément à votre question, ça peut durer toute la vie.

Je me rendis compte que le petit marquis, pour des raisons qui m'échappaient, semblait avoir pris la main. Je n'avais pas les clefs pour comprendre les subtils enjeux de pouvoir qui définissaient les luttes intestines du rabbinat, mais je ne comprenais pas pourquoi c'était le rabbin Soussan qui menait maintenant la discussion. Le rabbin Altman l'utilisait-il pour ne pas avoir à jouer le mauvais rôle, ou le craignait-il réellement?

— On ne peut rien faire alors? Ni pour moi ni pour les autres femmes?

— Si, le Talmud prévoit certaines solutions, dit le rabbin Altman.

— Pourquoi on ne les applique pas? Pourquoi on ne change pas cette loi?

Le rabbin fit un geste évasif.

— Quiconque se lance dans une telle entreprise va avoir à mener une guerre transversale, pas une guerre

93

frontale, répondit le jeune rabbin. Pour préparer une requête, il faudrait une décision qui serait trop compliquée à obtenir et qui risquerait de produire une guerre ouverte entre les grands rabbins.

— Si cette initiative était acceptée, ajouta le rabbin Altman, c'est l'institution du mariage dans son ensemble qui s'en trouverait affaiblie. C'est toujours très compliqué de réformer la loi, et encore plus de la libéraliser… Je ne dis pas que ça ne mérite pas un combat. Mais comment peut-on le livrer sans être ridiculisés ?

— Ridiculisés, dis-je. Mais qui est ridicule, ici, vous pouvez me le dire ? Ceux qui tentent de combattre l'injustice ou ceux qui laissent faire une chose aussi ignoble que d'enchaîner une femme ?

Je criais. J'étais hors de moi.

— Je sais ce que vous avez en tête, madame Attal, dit le rabbin Soussan en se levant. Le mot est « Agouna »… Je suis désolé. Il faut mettre fin à cet entretien. Le rabbin Altman est attendu par le Grand Rabbin de France.

21.

En sortant du Consistoire, j'étais envahie par la colère. Je n'avais plus qu'un mot en tête. De retour chez moi, je tapai « Agouna » sur Google. Qui veut dire « enchaînée ». Littéralement « ancrée » à son mari. Au sens premier, c'étaient les femmes dont les maris avaient disparu sans que l'on sache s'ils étaient morts ou vivants. Puis, par extension, toutes celles à qui le mari refusait le divorce religieux. Je découvris que je n'étais pas la seule dans cette situation. Des milliers de femmes partageaient le même sort. Et je vis apparaître une quantité de sites sur ces épouses à qui l'on refusait le guet. Il y avait des groupes de discussion, de résistance même, qui demandaient aux jeunes gens de refuser de se marier jusqu'à ce que la loi fût changée. Alors que les rabbins étaient connus depuis des millénaires pour trouver des façons de résoudre les problèmes les plus épineux du judaïsme, aujourd'hui, aucune solution ne semblait envisagée afin qu'un tribunal rabbinique fût en mesure de libérer ces femmes enchaînées. Une association, Agouna International, demandait à tous les juifs de faire une prière spéciale avant Kippour pour les femmes dont les vies sont brisées par l'emprisonnement dans des mariages morts, et pour tous les enfants qui ne verront pas le jour parce que ces femmes sont retenues en otages. Le site disait que le statut d'« agouna » était une honte pour le judaïsme orthodoxe et donc pour le judaïsme dans son ensemble. Il assurait que toutes les fois où un rabbin conseillait à une épouse « agouna » de se plier à un chantage, il se rendait complice d'extorsion de fonds. Des femmes avocates, des avouées rabbiniques cherchaient à faire évoluer le statut de celles qui étaient dans ce cas. Une autre association, Jofa, rappelait la phrase de la Bible : « que la justice s'écoule comme l'eau et que la droiture soit comme un torrent puissant ». Cette justice qui était bafouée quotidiennement au nom de peurs, de dogmes, et même pire : de mépris pour la femme.

Sur l'un des sites, une conférencière attira mon attention. Une petite dame brune, aux yeux perçants, encadrés de lunettes, qui s'exprimait d'une façon posée, à la manière des universitaires. Elle s'appelait Éliane Élarar. Spécialiste en droit rabbinique, elle martelait que c'était le problème le plus important du peuple juif aujourd'hui. Elle pensait qu'il fallait que les autorités rabbiniques du monde orthodoxe prennent la responsabilité d'appliquer les solutions prévues par le Talmud. Il existerait donc une solution ? Il y avait une adresse électronique où l'on pouvait la contacter. Je lui laissai un message, avec mes coordonnées.

Quelques jours plus tard, elle m'appela. Je lui exposai brièvement la situation, et nous convînmes d'un rendez-vous. Je l'attendis dans un café, boulevard des Capucines. Comme d'habitude, j'avais apporté ma kétoubbah, et mon dossier de guet. Arrivée en avance, j'étais nerveuse, je me levais souvent pour voir si elle n'était pas entrée par l'autre porte, avenue de l'Opéra. J'avais l'intuition qu'elle représentait beaucoup pour moi. C'était comme une chance dont j'avais peur qu'elle m'échappe. Et lorsque je vis apparaître cette dame menue, d'une cinquantaine d'années, chapeautée, l'air concentré, honnête, qui se déplaçait à l'aide d'une canne, je sentis battre mon cœur très vite. Je m'avançai vers elle, me présentai.

— Alors, dit-elle en s'asseyant, expliquez-moi la situation, en détail. Tout d'abord, avez-vous votre kétoubbah ?

À nouveau, je sortis le parchemin, qui me liait à cet homme pour la vie, semblait-il. Ce morceau de parchemin par lequel j'avais vendu mon âme et mon corps. Ces mots tracés de la main même de mon père qui m'avaient enchaînée, voilà que je me prenais à les haïr maintenant. Toute ma vie inscrite en lettres d'airain sur une peau d'animal.

Éliane Élarar lut la kétoubbah, tout en me posant des questions très précises sur mon mari, la cérémonie, les témoins, et écoutant mes réponses avec attention.

— C'est une kétoubbah classique, aucune clause particulière.

Elle soupira.

— Ce serait tellement simple d'ajouter une petite phrase qui protégerait la femme en cas de divorce religieux.

— Pourquoi ne veulent-ils pas rajouter cette clause ?

Elle fit un geste d'impuissance.

— Il y a un blocage. Pas seulement en France, mais partout. Dans le monde juif orthodoxe, les rabbins avancent comme prétexte qu'il ne faut pas gâcher la joie le jour du mariage en évoquant la fragilité de la femme juive face au divorce religieux. Il y a quelques mois, une conférence a été organisée à Jérusalem avec des rabbins responsables de tribunaux rabbiniques orthodoxes du monde entier. La conférence a été annulée car le représentant du monde ultra-orthodoxe en Israël a décidé, la veille, de ne pas être présent. Soit dit en passant, sur les dix rabbins invités en France, un seul s'est rendu en Israël. Tous se sont montrés indifférents au sujet.

— Est-il possible que notre loi soit aussi dogmatique ?

— Oh non ! Les véritables maîtres de la loi juive s'ingénient à inventer des solutions aux problèmes nouveaux. Ils ont même trouvé des moyens d'appliquer la loi parfois en permettant des choses explicitement interdites par la Torah. C'est le cas de Hillel l'Ancien et la loi du prêt, que je vous expliquerai à une autre occasion. Mais les rabbins, de nos jours, refusent de s'occuper du problème du guet.

— Alors pourquoi trouvent-ils des solutions à la loi du prêt et n'en trouvent-ils pas pour libérer les femmes de leur prison ?

— Ils ne veulent rien faire en ce domaine. Moi-même j'avais proposé d'introduire dans la kétoubbah une clause particulière concernant le divorce religieux. Cette idée s'appuie sur des sources halakhiques authentiques. D'ailleurs, le Talmud et Maïmonide vont jusqu'à donner au tribunal rabbinique le pouvoir d'annuler le mariage dans certains cas. Les grandes autorités rabbiniques du siècle dernier et de nos jours refusent d'appliquer ces solutions.

— Il n'y a donc aucun moyen de pression ?

— Cela fait trente ans que je me bats pour la cause de toutes celles dont les vies sont détruites. Et je peux vous dire que c'est très compliqué. Et vous, racontez-moi. Quelle est votre histoire ? Pourquoi refuse-t-il de vous donner le guet ?

— Comme vous l'avez dit, il use de son pouvoir.

— Pardonnez-moi d'être indiscrète, mais j'ai besoin d'avoir tous les éléments pour bien comprendre la situation et être à même de vous aider. C'est vous qui l'avez quitté ?

— Oui.

— Pour quelle raison ?

— Disons pour commencer qu'il ne remplissait aucune des trois obligations du mariage inscrites dans la kétoubbah.

— Quel genre d'homme est-ce ?

— C'est un homme en apparence très sûr, qui affiche une grande maturité vis-à-vis des autres, qui parle beaucoup de son pouvoir, de sexualité même, dans des termes très crus. Mais qui dans l'intimité se révèle tout le contraire. Je dirais qu'il a deux visages. Il est surtout très centré sur lui-même. Je ne l'ai jamais vu, vraiment, exprimer une émotion. Depuis notre séparation, il est devenu très agressif.

— A-t-il exercé un chantage au guet ?

— Au début, il a juste dit qu'il ne me donnerait pas le guet. Puis il a exigé de l'argent.

— Combien ?

— Tout. Ma part de l'appartement que nous avons en commun. Et pas de pension alimentaire pour notre fille ni de prestation compensatoire.

— Et alors ?

— J'ai tout accepté devant le tribunal civil en espérant obtenir le guet lors de la procédure religieuse.

— Et pourquoi avez-vous accepté ?

— Parce que les rabbins du Consistoire m'ont suggéré et même conseillé de le faire. Si je voulais vraiment le guet, c'était la seule façon de m'en sortir. Maintenant il veut cinq mille euros supplémentaires. Mais je ne les ai pas !

Il y eut un silence.

Je vis une ombre passer dans ses yeux.

— Et vous, vous en êtes où dans votre vie ? Vous pouvez tout me dire. Ce que vous me confiez restera entre nous. Vous pouvez me faire confiance.

— J'aime un homme. Je voudrais avoir un enfant de lui. J'ai besoin de ma liberté, vous comprenez ?

— Cela fait longtemps que vous voyez cet homme ?

— Six mois. Mais j'attends le guet pour avancer dans ma relation avec lui.

— Qui est au courant de votre relation ?

— Personne d'autre que lui et moi.

— Je vous recommande d'être très prudente. Ce que je vais vous dire ne va pas vous faire plaisir. Pardonnez-moi. Nous allons tout mettre en œuvre pour tenter de vous libérer de ce lien qui n'existe plus selon le tribunal civil et que vous ne désirez plus. Mais tant que vous n'obtenez pas le guet, vous ne devriez plus voir cet homme. Si jamais on apprenait que vous êtes avec lui, vous ne pourriez plus l'épouser, ni ici, ni ailleurs, ni jamais !

22.

— Je ne peux pas envisager de ne plus te voir, murmura Sacha, en prenant ma tête dans ses mains. Tu ne peux pas nous imposer cette folie, Anna. J'aime notre relation, j'aime sa force et son absolu, j'aime sa sincérité, son authenticité et sa fulgurance. J'adore ta présence, ta présence au monde et ta présence à moi, ton écoute, la façon dont chaque chose résonne en toi, et j'aime te parler, jusqu'au bout de la nuit, même lorsque tu es endormie, je continue de te parler... Tu as ouvert la brèche. Je veux une vie avec toi.

— Sacha...

Comme ce nom était doux à prononcer et à entendre, et comme je le chérissais. Il était l'homme que j'aimais, et notre relation n'était comparable à rien de ce que j'avais vécu, même si j'en avais toujours rêvé. Pourquoi fallait-il que je me sépare de lui ?

— Et quand je dis une vie, je veux dire... Je veux un enfant de toi, Anna.

— C'est impossible, dis-je.

— C'est impossible, répéta-t-il. Mais pourquoi ?

— Je ne peux pas...

— C'est impossible, parce que tu l'as décidé !

— Malgré moi. Je ne peux pas t'expliquer pourquoi, mais plus tard, tu comprendras.

— Je comprends, oui. Je comprends que tu ne m'aimes pas. Enfin, pas vraiment.

— Non, tu ne comprends pas. Je t'aime, Sacha. De tout mon cœur, de toute mon âme, de tout mon pouvoir.

— Je te demande un enfant. Tu sais, ce n'est pas évident pour moi de le faire. Mon fils est arrivé, comme ça, sans que je le décide. C'est la première fois que je sens que c'est possible. Et plus que cela : c'est tout ce que je désire au monde.

Je ne pouvais rien dire. Il prit sa tête dans ses mains, sans voir les larmes silencieuses couler sur mes joues.

— Je ne peux pas te donner ce que tu désires… Je ne suis pas assez forte. Je suis désolée, mais il ne faut plus se voir.

— Tu veux me quitter parce que tu m'aimes ? C'est ce couplet que tu me joues ?

— Ne sois pas méchant.

— Je ne te comprends pas…

— Tu ne peux pas comprendre.

— Si, je comprends. Je comprends maintenant pourquoi je ne suis pas religieux !

— Tu me juges !

Puis il vit mon chagrin, et il me prit dans ses bras.

— Tu m'aimes ?

Oui, de tout mon cœur anesthésié de tant de souffrance, d'angoisse, ce cœur brûlé et glacé qui t'aime.

— Et toi tu m'aimes ?

— Oui je t'aime.

— Tu m'aimes vraiment ?

— Oui.

— Mais tu me connais ?

— Je me fous de te connaître, personne ne connaît le vrai fond des gens. Est-ce que tu nages dans le bonheur, là, maintenant, tout de suite, avec moi ?

— Je nageais dans le malheur.

— Je suis là pour te protéger, murmura-t-il. Je veux que tu sois heureuse. Mais… je ne sais plus jusqu'où t'aimer pour que tu t'aimes.

Je rentrai chez moi, seule, défaite. J'étais émue par sa demande. J'étais bouleversée qu'il ait aussi envie d'un enfant avec moi. J'étais prisonnière. Enchaînée. Je n'arrivais plus à imaginer la vie sans Sacha. Et pour combien de temps ? Sacha avait-il raison de dire que je ne m'aimais pas assez pour m'accorder d'être avec lui ? Mais comment vivre sans le respect des traditions et des valeurs qui étaient les miennes ? Et comment respirer avec elles ? Quel était le sens de cette épreuve ? Était-ce un signe et, si oui, lequel ? Quel était l'horizon de cet amour, s'il était interdit ?

La nuit, j'essayais de mettre des mots sur ce qui nous était arrivé, mais je n'y parvenais pas. Je ne pouvais l'approcher que par des métaphores, quelque chose qui ressemble à de la poésie, à des images, peut-être. La nature. Les arbres, le vent. Le vent d'un vendredi lorsque nous avions déjeuné ensemble. Dans mes cheveux, sur mon corps, jusqu'à me glacer, lorsque je me levai pour aller sous le soleil, il avait cru que j'allais partir… mais je ne partais pas, j'étais juste en face, dans la chaleur. Le vent sur le soleil faisait frissonner les arbres. Dans la lumière du midi, ils brillaient sous ses secousses. Le grand rocher surplombait la plaine. L'horizon, à perte de vue. Où que l'on se tourne, l'horizon. Le soleil… Celui de cette fin d'après-midi, sur le banc d'un jardin. Celui, triomphal, lorsque nous marchions ensemble dans la rue, célébration du jour qui se lève. Celui, plus timide, d'un début d'après-midi, lorsque nous étions dans la librairie. Et la pluie battante, lorsque le soleil, vaincu, s'en alla. Nos nuits, endormis dans les bras l'un de l'autre. Le shabbat, dans sa maison, seuls au monde. Le samedi soir, lorsqu'il a fallu dire au revoir à la douce parenthèse. Nos amours illicites, et légitimes. Son corps à la fois étranger et familier. Son regard dans la lumière ne me quittait pas. Cette façon qu'il avait d'exprimer par les gestes ce que ses mots disaient, et par ses mots ce que ses gestes trahissaient. Cette douce douleur de m'habiter, de me prendre, de me voler à moi-même. Cette conversation infinie où l'on échangeait nos cœurs, nos âmes, nos pensées, où s'entremêlaient nos histoires et nos vies comme si c'était une longue vie ensemble sans le savoir. Tous les moments où l'on aurait pu se rencontrer…

Et maintenant encore. Comment le regarder les yeux dans les yeux, comment être à la hauteur de ce que nous vivions ? Abîmée, j'avais sans doute abîmé notre relation en ne la plaçant pas au-dessus de tout, au-dessus de la loi. Je lui disais par là : il y a un fait plus important que nous, que toi. Il y aura toujours cette chose qui restera là, posée comme une note dissonante sur une partition parfaite. Cette distance entre nous. Était-ce la loi du monde ou celle des hommes ? Est-il possible que deux êtres soient faits l'un pour l'autre, qu'ils s'aiment profondément, et que toujours la vie les sépare ? Je regrettais que Sacha ne fût pas religieux. Tout alors eût été plus simple entre nous. Il aurait compris. Il n'aurait pas jugé. Et surtout, j'aurais pu lui dire.

23.

Éliane Élarar entra dans l'appartement, penchée sur sa canne, avec l'air concentré de celle qui va se mettre au travail. Je la priai de prendre place sur le canapé, elle enleva son manteau, s'assit en posant sa canne à côté d'elle. Je lui offris du thé, qu'elle but à petites gorgées en m'observant de son regard perçant.

Puis nous nous installâmes, elle et moi, devant la télévision que j'avais allumée, avec un vieux lecteur VHS pour passer la cassette vidéo de mon mariage. L'écran s'alluma sur mon visage et celui de mon fiancé. Je regardai ces images vieilles de dix ans avec stupéfaction, comme si ce n'était pas moi, pas lui, là, sur le film. Étais-je devenue tellement différente ? Comment n'avais-je pas vu ce qu'il était ? Était-ce moi ou était-ce lui qui avait évolué, et pour quelle raison changeons-nous ? Est-il légitime de s'engager pour la vie, alors que nous ne saurions même pas nous engager envers nous-mêmes ?

Nous sommes à la synagogue des Tournelles. Elle est très belle et très impressionnante sous sa grande voûte. Il y règne une ambiance solennelle. Tous nos invités sont assis sur les bancs derrière la tente des mariés. Je suis en blanc. Émue sous le voile. Il est à côté, tout en noir. Derrière nous sont nos parents, raides, chapeautés et habillés en grand apparat pour la circonstance. Ils s'observent avec méfiance, un peu outrés d'être réunis dans une telle intimité alors qu'ils ne se connaissent pas. C'est toujours un peu bizarre.

J'assiste, stupéfaite, au déroulé des événements qui se produisent, dans l'ordre requis par la tradition juive. La cérémonie commence. J'ai envie de tout arrêter, d'appuyer sur le bouton « stop », « rembobinez » ! Je suis sur le point de commettre un acte irréversible, irréparable – je voudrais revenir en arrière. Que cet instant où je vais boire la coupe soit aboli. Que le jour où nous avons décidé de nous marier soit remplacé par un autre. Que le moment où l'on s'est rencontrés, où nos yeux se sont croisés pour la première fois, que ce moment-là n'ait pas existé. Que ce soit un trou dans le temps, ou que quelque chose se passe pour tout empêcher de se produire : la fatalité. Et il le fait. Il passe la bague autour de mon doigt. Puis il prononce la phrase fatidique, celle qui va sceller notre union : « Par cet anneau, tu m'es consacrée selon la loi de Moïse et d'Israël. » Je rembobine. Il a bien dit : consacrée. Offerte pieds et poings liés à son bon vouloir. Pourquoi ne dit-il pas : « Voici que tu es mon esclave », tant qu'il y est ? Mon esclave à vie. Désormais, ce sera moi qui déciderai de ton sort, car personne ne m'en empêchera. Tu es ma prisonnière. Femme ? Épouse ? Non. Tu es agouna. Enchaînée, ancrée, enlisée. Toi qui arbores ton sourire de jeune mariée, ne retiens plus tes larmes, car tu ne le sais pas encore, mais tu viens de perdre ton bien le plus précieux, l'air que tu respires, la seule chose que tu possédais en tant que femme et qui t'appartenait en ton nom propre : ta liberté.

Voilà. C'est fini. On ne peut plus rien faire. Et surtout : rien défaire. Le rabbin, abrité sous son chapeau noir et son châle de prières blanc, dit les sept bénédictions rituelles, et notamment la septième, celle qui réjouit le marié et la mariée, avec une multitude de mots qui signifient tous la joie. Nous nous regardons, à travers le voile. Simon me considère avec gravité. J'ai l'impression qu'il est troublé, mais je sais maintenant que ce n'est pas à cause de moi. C'est plutôt à cause de ce que nous sommes en train de faire : nous engager l'un envers l'autre, et devant ces hommes – je lui suis consacrée. Il le sait, lui. Désormais, ma vie est liée à la sienne. Si intimement qu'on ne pourra plus jamais la délier.

Après la bénédiction, Simon m'offre la coupe de vin, dans laquelle je trempe mes lèvres. Puis le rabbin prend un verre enveloppé dans un linge et le pose par terre devant lui. Simon l'écrase d'un coup de talon, d'une façon brutale, exagérément violente, me semble-t-il. En souvenir de la destruction du Temple, dit-on. Mais non. Je sais, moi, pourquoi on brise un verre : c'est pour prévenir, avertir de la suite. La suite et la fin : c'est ma liberté qui vient de se briser.

Éliane Élarar regardait chaque image du mariage avec attention. Parfois, elle me demandait de revoir certaines séquences. Elle s'arrêta longuement sur celle où Simon glissait la bague à mon index, que je repliai aussitôt en signe d'acceptation. Je dus la repasser, encore et encore. Dix fois, quinze fois, je le revis mettre la bague à mon index droit. « *Sois loué, Éternel, roi de l'Univers, qui as créé le fruit de la vigne…* » Pour y noyer mon malheur lors de ces sombres soirées de shabbat. « *Sois loué, Éternel, roi de l'Univers, qui nous as sanctifiés par tes commandements, et nous as donné des prescriptions concernant les unions entre proches parents en nous interdisant les fiancées d'autrui et en nous permettant les unions consacrées par le mariage religieux…* » et sois béni, Toi qui as créé l'adultère qui nous permet de nous délivrer du mâle ! « *Sois béni, Éternel, qui sanctifies Israël, ton peuple, par le dais nuptial et la consécration du mariage…* » qui nous lie à jamais et contre notre volonté à notre bourreau. Goûte le vin, bois la coupe jusqu'à la lie, noies-y ton malheur, mets l'anneau qui t'aliène à moi, et écoute bien, ô fille d'Israël : tu es consacrée. « *Sois loué, Éternel, roi de l'Univers, qui réjouis et fais prospérer le fiancé et la fiancée.* » Et qui enchaînes la fiancée au fiancé.

— Mon destin est scellé, murmurai-je.

— De quoi parlez-vous ? Il n'y a pas de destin dans le judaïsme. Il y a une providence et vous avez un ange gardien. Regardez : si je vous fais passer cette séquence encore et encore, ce n'est pas pour m'amuser ni pour vous faire souffrir. C'est qu'il s'y déroule quelque chose. Quelque chose de bizarre qui, loin de vous emprisonner, est peut-être votre espoir de liberté. Regardez ! On dirait que vous êtes en train de lui donner un objet sous le voile.

— Oui ! vous avez raison.

— Repassez-la encore. Vous pouvez faire un arrêt sur image ?

En effet, juste avant qu'il ne mette la bague à mon doigt, alors que nos visages se crispaient, nos mains se rejoignaient, et je lui donnais quelque chose. Mais quoi ? La caméra, qui restait en plan fixe sur les visages, ne permettait pas de le dire.

— Qui a acheté la bague de mariage ? demanda Éliane Élarar. Celle que vous recevez lorsque votre mari dit : « Tu m'es consacrée. »

— Je ne sais plus, dis-je. Nous étions pressés, je crois. La veille de notre mariage, nous sommes allés dans une bijouterie, et il me semble bien que c'est moi qui ai acheté la bague. C'est moi qui payais tout. Simon était avare. Il n'aimait pas dépenser son argent. Pourquoi n'aurais-je pas acheté la bague ?

— Vous en êtes sûre ?

— Non.

— Pouvez-vous retrouver la facture de la bague ?

— Je ne sais pas. C'était il y a dix ans !

— Regardez. C'est très important. Qui avait la bague, avant la cérémonie ? Réfléchissez bien avant de répondre.

— Il me semble que c'était moi qui l'avais.

— Vous en êtes sûre ?

— Oui. C'était moi qui l'avais gardée.

— Est-il possible, dit-elle lentement, que vous lui donniez la bague là, sous le voile ? Réfléchissez bien avant de répondre. C'est capital.

— C'est possible, dis-je, après un temps.

— Vous étiez avec qui, lorsque vous êtes arrivée à la synagogue ?

— Avec ma mère, et une de mes sœurs.

— Que des femmes ? dit-elle.

— Non, il y avait aussi mon frère.

— Votre frère ? Rappelez-vous bien. Chaque détail est important.

— Oui, j'en suis sûre. Nous avons même eu une discussion dans la voiture.

— Dommage, il ne peut pas témoigner, car un parent n'a pas le droit d'être témoin d'un proche. Cependant, il peut délivrer une attestation qui pourrait peut-être nous aider dans notre démarche. Si vous avez la facture de la bague prouvant que c'est vous qui l'avez payée, associée à l'attestation de votre frère, vous tenez un sérieux motif d'annulation.

— Si on annule mon mariage, je n'aurai donc plus besoin de guet ?

— Non… Vous seriez libre. Mais je dois vous prévenir : le Consistoire risque de ne pas reconnaître cette annulation.

— Est-ce grave ?

— À mon sens, non.

— Il faut que je vous dise quelque chose à propos de mon frère.

— Quoi ?

— On ne se parle plus depuis que j'ai décidé de divorcer.

— Et comment cela se fait-il ?

— Je ne sais pas, ça s'est fait comme ça. Je crois qu'il pense que je n'aurais pas dû.

— Alors, peut-être ne lui avez-vous pas suffisamment expliqué la situation. Il faut que vous preniez le temps de bien le faire. Nous avons besoin de son attestation, vous comprenez ?

— Oui.

— Alors, au travail ! Dès que vous aurez les éléments, nous allons porter l'affaire devant un tribunal rabbinique. On demandera l'annulation de votre mariage.

— Vous croyez qu'il y a la moindre chance ?

— Je ne sais pas. Je ne veux pas vous donner de faux espoirs. Je préfère vous dire la vérité. Cela fait trente ans que je m'occupe de cas de femmes dans votre situation. Et je dois vous avouer que c'est très dur. Mais vous n'avez pas d'autre choix que celui d'essayer.

24.

En arrivant à l'aéroport, j'avais le cœur qui battait très fort. Je sentais que j'allais vivre quelque chose d'inouï et d'intense. J'avais l'impression que j'allais commettre un forfait, un braquage, une évasion. Mais quelque chose se jouait en moi, dans mon corps, indépendamment de ma volonté, quelque chose d'irréversible. Ces moments forts sont des points de bascule. Comme si dans la vie on traversait des couloirs et qu'il y avait des bifurcations. J'étais entraînée dans un tourbillon, une spirale, essayant parfois de me reprendre, d'emprunter l'autre chemin, mais j'étais sans cesse rattrapée par le désir que j'avais de lui, de son corps et de tout son être. La sensation de manque que j'avais de Sacha me fit comprendre à quel point la passion progressait en moi chaque jour, chaque heure, et combien je me laissais aller à ce sentiment qui n'était pas si doux. Je l'avais aimé tendrement, puis de plus en plus fort, et à présent je l'aimais violemment. J'avais besoin de lui comme de l'air pur pour respirer à travers l'asphyxie de ma vie. J'étais tellement tendue vers lui que j'en étais irréelle, que je devenais lui. Comme il n'était pas là, je m'absentais de moi pour supporter son absence. J'attendais. Je ne faisais qu'attendre.

Avec un désir de lui, de sa peau, de son parfum, de son souffle. Je n'avais jamais éprouvé une telle impatience, une telle tension.

Il était devant le comptoir d'enregistrement pour le vol de Rome. Mon cœur sursauta dans ma poitrine. Nous n'avions pas échangé un mot. Chacun retira son billet de son côté, comme si nous étions deux espions en mission. Dans l'avion, nous n'étions pas ensemble. Il était devant moi. À un moment, je le vis se lever et, en passant devant mon siège, il déposa discrètement un petit paquet dans ma main. Je l'ouvris, en regardant à droite et à gauche, pour vérifier que personne ne m'observait. C'était une bague. Une jolie bague avec deux anneaux imbriqués l'un dans l'autre. Je la passai en hésitant à mon annulaire. Je ne pensais pas remettre une bague dans ma vie. Mais lorsque Sacha revint, ses yeux me sourirent.

Sacha avait imaginé cette escapade. Suivant les conseils d'Éliane Élarar, je ne l'avais pas vu ni entendu depuis quinze jours. Il m'avait envoyé un SMS : « Viens à 15 h 30 à l'aéroport de Roissy, tu trouveras au comptoir d'Air France un billet à ton nom. Ne me réponds pas, ne dis rien, sois là. » Je relus le SMS plusieurs fois, jusqu'au moment où je me décidai enfin et fis ma valise, dans la fébrilité, sans même savoir où j'allais.

En arrivant à Leonardo da Vinci, nous avons pris chacun nos bagages, puis nous nous sommes retrouvés devant la file des taxis. Et tandis que la voiture filait vers la ville, j'étais enfin dans ses bras, enivrée par le départ, l'avion, le dépaysement. En entrant dans le cœur historique de la ville, je fus saisie par sa beauté. Ces ruines, ces vestiges, étaient d'or pur dans le ciel crépusculaire. Nous arrivâmes à l'hôtel. Sacha prit la clef à la réception. Nous entrâmes dans la chambre. Il y eut un moment de gêne, de silence. J'étais tellement heureuse que je me sentais défaillir. J'avais peur aussi, comme si je n'y avais pas droit. Pendant quelques minutes qui parurent durer une éternité, je sentis son émotion, aussi intense que la mienne.

Nous avons marché dans l'heure bleue, au hasard, à travers les places et les ruines. Sans que nous sachions pourquoi, nos pas nous guidèrent presque naturellement vers le ghetto où se trouvait la synagogue. Nous y entrâmes pendant l'office du soir, séparément. La synagogue était majestueuse avec ses voûtes et son style libre, fait d'une composition hétéroclite aux couleurs romaines. À travers la grille qui séparait les femmes des hommes, je regardais Sacha et lui aussi me regardait. Nous pensions la même chose au même moment. Comme ce devait être beau, un mariage ici.

Puis nous sommes allés dîner dans un restaurant kasher, derrière la synagogue, dans le ghetto. Sacha me questionna à nouveau sur ce qu'il appelait la religion et qui était pour moi autant une culture qu'un culte. Il voulait tenter de comprendre. À qui s'adresse la prière, pourquoi faire le shabbat, quel est le sens de la circoncision, de la bar-mitsva, des fêtes ? Je lui répondais, autant que je pouvais, sans essayer de combler cette distance entre nous, sans chercher à le convaincre. Je lui disais simplement que le shabbat était le jour du repos et du couple, où la vie économique s'arrêtait au profit de la vie spirituelle. Que la circoncision était pour l'homme une façon d'être en rapport avec le monde et la femme, et non enfermé en lui. Que les fêtes étaient là pour nous montrer que la vie qui s'organise autour du devoir et de la monotonie doit être scandée d'événements qui la sortent de l'ordinaire : ce sont ces moments qui lui donnent un sens.

Et la prière ? Se laisser couler dans l'ombre d'un désir. Le sentir se rapprocher, l'effleurer sans jamais le flétrir. Se mettre, l'espace d'un instant, hors d'atteinte. Retrouver par l'ouïe le sens d'être un en étant plusieurs, être traversé, transpercé, donné, s'offrir, se découvrir comme si c'était la première fois, souffrir de la distance, jouir de la coïncidence. Peu à peu, retrouver l'émotion étouffée par le traumatisme de la séparation originelle. Surprendre et se suspendre. Ressentir la force et la douceur. Se réfugier et s'envelopper comme dans le sein d'une mère lors des nuits de l'enfance. Et commencer à brûler, s'embraser, se perdre, s'abandonner juste à cette sensation. Ouvrir les bras, incandescent, pour recevoir l'amour.

Nous avons erré dans les rues. Sacha se promenait partout avec son appareil photo. On aurait dit qu'il voulait capturer chaque minute de notre séjour, qu'il tentait de la retenir pour qu'elle soit rendue immortelle. Au soleil, devant les fontaines, nous étions comme un couple normal, un couple d'amoureux en vacances. Pour la première fois, nous pouvions être ensemble au grand jour. Comme lors d'une renaissance, je voulais tout voir, tout savoir. Sacha m'expliquait les sculptures, les perspectives, l'architecture. Il me parla aussi des photos de Sebastiao Salgado, qui, en noir et blanc, sculptait les visages comme des peintures. Et aussi de

Larry Clark et de Nan Goldin qui s'emparaient de l'intime et mélangeaient le réel et la fiction. Dans la nuit, dans l'atmosphère sombre d'un appartement, d'une chambre à coucher ou d'une salle de bains, ils sont au plus près de la justesse d'un comportement, d'une pratique, d'un acte, quel qu'il soit. D'une façon crue, pour atteindre une certaine vérité, sans tabou, mais sans voyeurisme : c'est la façon dont l'art rend justice au réel. Puis il me parla de lui. De ses angoisses, de ses doutes, de ses photographies qui saisissaient la lumière cachée dans l'ombre. C'est ainsi qu'il reconstruisait le monde. À voler les instants, il cherchait la réponse aux questions de son enfance, née de l'enfance cachée de ses parents, et de leur silence. Il comblait d'images leur absence de mots. Je ne voyais dans les ombres que des entités négatives, sans qualité et sans couleur. Sacha, l'exégète des ombres, avait développé cette sensibilité qui le conduisait à voir même en l'absence de lumière et à témoigner de ce qu'il discernait. Moi, je n'y voyais que manque. Sacha m'expliqua leurs lois, leur complexité, leur dimension : c'est grâce à elles qu'on construit le monde. Sans ombres, le monde serait sans relief. Car en augmentant l'obscurité, on donne de la profondeur.

Malgré mes réticences, Sacha insista pour m'emmener au Vatican. Je restai un long moment dans la contemplation du ciel peint par Michel-Ange lorsqu'il revisita le monde par un coup de pinceau. La Création, le Paradis, puis la chute de l'humanité. L'homme fragile qui commet la faute. Les planètes et le soleil.

La séparation de la lumière et des ténèbres. Et ce moment où Adam et Ève furent expulsés du Paradis terrestre, et Ève punie du désespoir d'être femme, dans la maternité autant que dans la féminité. Et aujourd'hui, elle avait repris à son compte la malédiction de l'homme, puisqu'elle travaillait aussi à la sueur de son front. C'est elle qui est rendue responsable de la fin du Paradis. Car, dit-on, l'homme dormait pendant qu'elle se laissait séduire par le serpent. C'est elle qui tend le fruit à l'homme. C'est elle qui porte l'enfant. C'est elle qui accouche dans la douleur ; et elle enfin qui est dominée par l'homme. C'est la structure de l'Univers, il n'en est pas d'autre. La femme fragile porte le fardeau du monde sur son dos.

Je levai la tête pour voir les images colorées qui exultaient tout autour de moi. C'était lumineux. Quel est le sens de la lumière ? Quel est le sens des ténèbres ? Avant la lumière étaient les ténèbres. La lumière ne vient que de l'ombre. Le beau, le vrai, le bien ne sont atteints que par la traversée du négatif, et tout le monde se déroule selon ce processus alchimique. Lucifer n'est pas l'ange des ténèbres, mais celui qui porte la lumière. Les prophètes Zaccharie, Ézéchiel et Jérémie m'observaient de leur hauteur, et Jonas, qui exhorta tous les fauteurs à faire pénitence. Et le Jugement dernier, lorsque le Temps abolit l'Histoire, les bons et les méchants, les pécheurs et les vertueux se mélangeant dans un enchevêtrement de corps nus. Car enfin l'homme est vu tel qu'il est : scandaleux et obscène.

Je ne dis pas un mot. J'étais là, devant lui, sachant ce qu'il allait faire. Être femme. Sa femme. Loin de tout, loin de tous. Sacha me regardait dans la pénombre. Il mit la main sur mon sein. Et tout mon être se tendit vers lui, sous ses caresses qui dessinèrent des cercles autour de mon corps.

Par une voluptueuse effraction, son corps devint le mien. Nos âmes se mélangèrent en même temps que nos corps. Je lui laissai mon âme pour qu'il la caresse. Je lui donnai mon cœur pour qu'il l'écoute battre et, à chaque infime mouvement de son corps, je sentis son cœur palpiter. Il s'abritait en même temps qu'il m'habitait. Mon corps était un temple où il officiait. Il me semblait que tout ce que j'avais connu avant était pornographie.

Noces adultères : nous lisions nos passés, nous disions tout bas, avec pudeur, notre dessein d'un avenir commun qui s'esquissait peu à peu. Ces mots, demi-mots chuchotés lorsque la résistance s'effondre, le cœur à nu. Le désir que j'avais de lui ne cessait de croître : plus il me comblait et plus j'étais en manque de lui, plus il me désaltérait et plus j'avais soif, plus il m'assouvissait et plus je le voulais. Je n'avais jamais assez de sa présence. Durant cette nuit, je rêvai qu'il était l'unique, et je m'endormis habitée par cette douce certitude. Dans la chaleur de son corps, le visage dans son cou, j'avais enfin trouvé ma place dans le monde.

25.

J'étais devant le bâtiment. Un grand immeuble de la rue de Rennes, à Paris, devant lequel circulaient les voitures, à grand-peine. Mais la petite bijouterie dans laquelle Simon et moi avions acheté la bague n'existait plus. Elle avait été remplacée par un magasin qui vendait des téléphones portables, dans lequel j'entrai. Je demandai au jeune homme de l'accueil si je pouvais voir le patron de l'agence. Je patientai un long moment, avant qu'un homme plus âgé à l'air débordé ne vienne. Étonné par ma question, il me dit qu'il n'avait aucun renseignement sur la boutique qui se trouvait là avant leur arrivée. Surpris de me voir aussi déçue, il passa deux ou trois coups de téléphone pour obtenir le nom des précédents propriétaires, qu'il finit par me donner, étonné de mon empressement.

Suivant le conseil d'Éliane Élarar, je m'étais mise à la recherche de la facture de la bague de mariée. J'avais fouillé dans des dossiers, exhumé des dizaines de documents, sans succès : il était impossible de trouver ce papier. Sans doute l'avais-je jeté. C'était comme si les preuves du mariage disparaissaient. Tout était loin et flou. Le temps est un meurtrier qui efface les traces sur les lieux d'un crime parfait. Il ne se fait jamais prendre, même si tout l'accuse. En dix ans, tout avait disparu : la bijouterie, la facture et l'amour. Il ne restait qu'une seule chose : ce parchemin que je traînais partout avec moi, cette peau de bête qui avait la vie plus dure que mon mariage.

Je n'avais pas d'autre solution que celle d'aller voir mon frère. Accompagnée de Naomi, je me mis en route en me demandant de quelle façon j'allais lui présenter les choses pour qu'il accepte. Si je lui donnais le sentiment qu'il avait du pouvoir, il risquait de refuser, car il penserait alors qu'il serait tenu pour responsable de cette annulation. Si je lui disais que je n'avais pas un besoin vital de son attestation, il ne me l'accorderait pas. Comment exercer suffisamment de pression, à son insu, et obtenir qu'il fasse ce que je lui demandais ? Fallait-il que j'envisage toutes ces stratégies pour parler à mon propre frère ? Les relations étaient devenues si distendues avec lui qu'il serait certainement surpris de me voir.

Je frappai à la porte. Sa femme nous ouvrit, perchée sur ses talons, vêtue et maquillée de rose, les cheveux teints en blond. De sa démarche chaloupée, elle nous fit entrer, nous proposa du café et des gâteaux. Naomi alla jouer dans la chambre avec les enfants. Je regardai cette femme moderne, qui jonglait entre son métier et son foyer, et qui préparait les pains du shabbat et les petites salades cuites tous les vendredis – tout en exerçant sa domination sur son mari d'une main de fer. Un jour qu'elle devait s'ennuyer, ou peut-être pour se vanter, elle m'avait confié qu'elle avait un amant. Son mari était le seul à ne pas être au courant ! s'était-elle esclaffée.

— On m'a dit que tu étais avec quelqu'un, commença-
t-elle, l'air complice.

— Qui t'a dit ça ?

— Quelqu'un de la communauté. Ça se passe bien,
au moins ?

— Je ne suis avec personne.

— Tu peux me le dire, tu sais que je ne le répéterai
pas. On se tient toutes les deux, non ? Alors c'est qui ?
Je le connais ?

— Je ne vois personne.

— Il est photographe, c'est ça ?

Mon frère nous rejoignit, me salua froidement et
s'assit à côté de sa femme, comme d'habitude : elle
était son rempart, son bouclier.

— Tu te souviens, avant mon mariage ? commençai-je.

— Oui, je me souviens. Pourquoi ? Ça ne sert à
rien d'avoir des regrets, Anna.

— Non, je veux dire, avant la synagogue. Tu étais
avec moi dans la voiture lorsque nous sommes arrivés ?

— En effet.

— Te souviens-tu de ce qui s'est passé ?

— Non, pas vraiment. Pourquoi ?

— Te rappelles-tu que j'avais la bague avec moi ?
Il me regarda, sans comprendre.

— Oui. C'est vrai. Je t'avais même fait remarquer
que ce n'était pas conforme à la loi. Que c'était le mari
qui devait acheter la bague avec son propre argent !

— J'ai besoin de toi, Daniel.

— Que veux-tu ?

— J'ai besoin d'une attestation, d'un témoignage
écrit de ta main de ce que tu viens de me dire.

— À quelle fin ?

— À la fin d'obtenir peut-être une annulation de mon mariage !

— Une annulation ? Mais tu es tombée sur la tête ? Tu es devenue folle, ma pauvre ! Et ta fille ?

— Elle ne sera pas concernée.

— Une enfant naturelle ! Mais te rends-tu compte de la honte que ce serait pour toi, pour elle et pour notre famille ?

— Au moins, elle ne serait pas mamzer !

— Tu ne penses qu'à toi, Anna. Ta haine contre ton mari t'égare et te fait perdre la raison.

— Tu n'as jamais voulu me défendre lorsque je faisais appel à toi. Tu prenais toujours son parti. Il n'y a pas beaucoup d'occasions dans la vie où on peut prouver qu'on est là pour ceux qu'on aime. C'est la seule chose qu'apportent les moments de détresse. De savoir qu'on peut compter sur ses proches. Ne me trahis pas, Daniel.

— Laisse-moi au moins juge de mes propres impressions au lieu d'essayer de t'ériger en maîtresse d'école ou mère-la-morale, ce que tu n'es pas… Et cesse de jouer les victimes, alors que tout le monde connaît la vérité. Tu sais, on parle de toi, dans la communauté. Les gens disent que tu es déjà avec quelqu'un. Ils connaissent même son nom : Sacha. Sacha Steiner.

J'étais meurtrie, comme si l'on coulait du plomb brûlant sur une blessure à vif. Je n'arrivais pas à comprendre pourquoi il montrait tant d'aigreur et de méchanceté. Son manque d'empathie me stupéfiait. Je refoulai les larmes qui me montaient aux yeux, afin qu'elles n'atteignent pas mon cœur.

— Anna, tu es ma sœur et tu sais combien je t'aime. C'est la raison pour laquelle, en tant que frère, je dois te dire ce que je pense être le mieux pour toi. Tu prétends que ton mari refuse de te donner le guet, mais c'est faux.

— Alors, tu l'as vu ?...

— Oui, je lui ai parlé. Il est au courant de tout.

— De quoi tu parles ? Et qui l'aurait mis au courant ?

En disant ces mots, je me tournai instinctivement vers ma belle-sœur. Bien sûr, c'était elle. C'étaient eux. J'en avais des tremblements dans tout le corps.

— Et pourtant, poursuivit Daniel, il m'a dit qu'il te donnerait le guet. Tu vois, il n'est pas si mauvais que tu crois.

— Donc, tu sais qu'il me fait du chantage ?

— Tu es dans une folie destructrice, Anna. La seule ici qui tente de manipuler et d'agir par en dessous, c'est toi.

— Est-ce que tu ferais l'attestation pour moi ? Je te le demande. Je t'en supplie, même.

— Je ne ferai pas l'attestation. C'est contre mes principes et contre la loi. En tant que frère, je ne peux pas te faire de témoignage.

— Et que je reste enchaînée à lui, cela va-t-il dans le sens de tes principes ?

— Demande-moi de t'aider, mais ne me demande pas de désavouer ton mari. Pense à ta fille : tu n'as pas le droit de salir l'image de son père. Et encore moins celui de supprimer la légitimité de sa naissance. C'est un peu comme si tu lui enlevais le droit d'exister.

— Et mon droit d'exister ?

Je me levai, le cœur au bord des lèvres.

— Tu confirmes bien ce que je t'ai dit ? Tu te souviens que c'est moi qui avais acheté la bague et que je l'avais avec moi dans la voiture ?

— C'est vrai, oui.

— Tu l'as vue ?

— Oui, mais je ne peux pas te faire d'attestation.

Sous l'œil impavide de sa femme, il se leva.

— Désolé, je ne peux rien faire pour toi. Je ne te suis pas, Anna. Tu as décidé de détruire ta vie, celles de ton mari et de ton enfant. Je ne sais pas pourquoi… Je ne peux pas t'en empêcher, mais je ne peux pas t'y aider non plus.

Je sortis de chez lui avec Naomi, défaite, démoralisée. Pourquoi mon frère me trahissait-il ? Pourquoi était-il aussi dur avec moi ? De quoi m'en voulait-il ?

Lorsque je rentrai chez moi, je sortis le petit enregistreur numérique que j'avais caché dans mon sac. Je le branchai sur mon ordinateur et je transférai le fichier à Éliane Élarar.

26.

Depuis notre retour de Rome, je n'avais pas revu
Sacha. Il avait accepté malgré lui cette nouvelle séparation. Je ne parvenais toujours pas à lui expliquer
pourquoi je ne pouvais pas le voir, j'avais peur qu'il se
rie de mes croyances, peur qu'il me juge et, surtout,
j'avais honte, comme si j'étais salie par cette affaire.
Mais je le savais blessé et je sentais qu'il prenait de la
distance par rapport à moi ; cela me désespérait. Le
manque, cette violence, mettait le feu à mon corps.
Le désir devenait attente, passion, folie. Dans la rue,
je voyais les mères porter leur enfant et cela aussi
m'était une douleur. J'aurais voulu avoir un enfant
de Sacha. Et cet enfant, que je ne portais pas, que je
n'avais pas le droit d'avoir, je le chérissais comme s'il
existait déjà.

Lorsque Naomi était chez son père, les jours étaient
interminables. J'avais du mal à rester à la librairie. Je
promenais ma tristesse rue des Rosiers et mon désespoir rue de Turenne pour tenter d'apercevoir Sacha,
de l'épier. J'avais besoin de savoir ce qu'il faisait, où il
était. Parfois aussi, je le détestais de me faire souffrir
par son absence, alors même que c'était moi qui la lui
avais imposée. J'étais perdue.

Naomi, en rentrant de chez son père, commençait à me raconter ce qui s'y déroulait. Ses nouveaux amis, ses soirées, l'odeur bizarre qui régnait chez lui en permanence, elle voyait tout, sans comprendre… Elle me dit qu'il ne la couchait pas et la laissait errer parmi ses invités, jusque tard le soir. Elle revenait de chez lui, épuisée, les yeux rouges, les cheveux et les vêtements imprégnés de l'odeur du tabac. Elle disait qu'il la traitait d'idiote et qu'il la frappait. Je compris qu'il commençait à s'en prendre à notre fille. J'étais affolée.

En consultant Facebook, je me rendis compte que Simon avait changé sa photo de profil. Il avait affiché son portrait avec celui d'une jeune fille, les deux visages collés l'un contre l'autre. Ainsi il annonçait à tous qu'il était avec cette femme – et il ne me donnait toujours pas le guet. Il me narguait. C'était comme il l'avait dit : il pouvait être aux yeux de tous avec qui il voulait, personne ne viendrait l'ennuyer. Et moi, je ne devais avoir pour compagnons que ma solitude, ce sentiment d'abandon et ce désespoir qui ne me quittait plus, dans l'angoisse et le silence – comme si je faisais semblant d'être là, juste dans l'attente, mais de quoi ? De quelle délivrance ? Et que pouvais-je faire pour sauver ma fille ? Rien, tant que je n'avais pas le guet, j'étais entre ses mains. Je savais qu'il me provoquait, qu'il voulait me montrer qu'il avait le pouvoir sur moi et sur notre enfant. Qu'il pouvait même l'entraîner dans son gouffre : sans que je puisse faire quoi que ce soit. Que face à lui, j'étais impuissante. Pieds et poings liés.

Le sentiment de l'aliénation commença à m'obséder. Je sentais Naomi en danger, je n'arrivais plus à penser à autre chose. Je me réveillais, je mangeais, je travaillais en ayant l'impression que mes actions étaient déterminées par la volonté d'un autre. Mes désirs, mon corps, ma fille n'étaient pas régis par moi, mais par lui. La seule chose qui me restait, c'étaient mes émotions. Et pourtant, même autour d'elles, je sentais un flottement. C'était tellement insupportable que je préférais ne pas y penser. Et, parfois, je me réveillais la nuit, en sueur, lorsque Naomi n'était pas là. Fallait-il que je laisse ma fille en danger parce que j'étais ligotée, enchaînée par le guet ?

27.

Éliane Élarar posa sa canne contre le fauteuil et s'assit sur le canapé. Elle avait fait passer « mon dossier » à un rabbin qu'elle connaissait. J'avais fini par récupérer la fameuse facture de la bague, auprès de l'ancien propriétaire de la bijouterie qui, par chance, avait informatisé sa comptabilité. Le rabbin Eisenman, qui avait le titre de Grand Rabbin, était connu de tous puisqu'il s'occupait d'émissions ayant trait au judaïsme. Enfin, elle avait trouvé une oreille attentive. Un rabbin se sentait concerné par mon cas et voulait bien m'aider. Celui-ci lui avait dit qu'en effet, grâce au vice de forme, il trouverait peut-être un moyen d'annuler mon mariage. Il allait réunir un tribunal constitué d'un rabbin de province, qui était prêt à en prendre la responsabilité, et de deux rabbins israéliens. Pour former un tribunal rabbinique, il fallait trois rabbins, dont un juge rabbinique. Leur réunion avait un pouvoir décisionnaire. Je demandai ce que je devais faire. Comment pouvais-je faire avancer les choses ? Il fallait juste attendre. Même si attendre était ce qu'il y avait de plus difficile.

— Plus je réfléchis à cette question, plus je pense que cette solution est la meilleure, dit Éliane Élarar.

Vous voyez que je ne chôme pas, mais mes compétences s'arrêtent ici : il faut que ce soit un rabbin qui fasse la lettre de départ au juge rabbinique qui va accorder l'annulation. C'est la raison pour laquelle j'ai mandaté le rabbin Eisenman. Si on s'adresse à lui pour la lettre, il serait peut-être mieux que j'aille le voir toute seule. J'entendrais des choses que peut-être il ne peut pas vous dire. Je vous l'ai dit dès la première conversation : dans ce dossier, il faut prendre le temps de réfléchir. Surtout ne rien faire dans la précipitation. N'en parlez à personne. Ne mentionnez pas non plus nos échanges.

— Pourquoi les femmes juives ne s'unissent-elles pas pour combattre ce fléau ? demandai-je.

— Les femmes juives font confiance aux rabbins, elles pensent qu'ils ont la science infuse. Elles ne comprennent pas que la majorité de nos rabbins ne sont pas des spécialistes du guet.

— Mais pourquoi les maris font-ils cela ? Comment peuvent-ils aller prier à la synagogue et ne pas donner le guet à leur femme ?

— Le guet, c'est le moyen légal pour un mari de faire vivre l'enfer à son ex-épouse. Et il y a aussi ceux qui sont simplement intéressés par l'argent, au point de perdre tout scrupule. C'est la raison pour laquelle j'essaye d'expliquer à toutes les femmes : si vous avez des biens ou des revenus, il faut faire un contrat de séparation des biens. Il faut se protéger avant le mariage. Ainsi, au moins, il n'y a pas d'enjeu financier et donc moins de raisons d'exercer un chantage. Mais les femmes n'écoutent pas, car elles sont amoureuses.

— Pourquoi le rabbinat refuse-t-il d'annuler les mariages ?

— Les institutions n'aiment pas qu'on leur échappe. Moi, deux choses m'importent : que la femme soit libérée et que son enfant ne soit pas mamzer.

— Si j'ai l'annulation, je pourrai me marier ?

— Bien sûr vous pouvez vous marier, et peut-être même plus. Dès que vous êtes libérée, vous pouvez faire un enfant et cet enfant ne sera pas un mamzer. Ce n'est pas conforme à la morale sociale, mais conforme à la morale religieuse. Sachez aussi que, contrairement à ce que disent les rabbins, si un homme et une femme cohabitent hors du mariage, la relation équivaut au mariage. Du point de vue de la loi juive, une femme libre, c'est-à-dire célibataire, divorcée ou veuve, peut avoir un enfant avec qui elle veut. Vous voyez : le judaïsme est plus rassurant que ce que les rabbins veulent nous faire croire.

— Et l'homme que j'aime ? Quand pourrai-je le revoir ?

— Ce que je vais vous dire ne va pas vous faire plaisir. Je ne sais pas du tout si notre démarche va aboutir, ni quand elle pourrait se faire. Tant que nous n'avons pas obtenu gain de cause, vous ne devriez pas le voir, car vous risquez gros.

Il y a les fautes qu'on commet par inadvertance, et elles nous sont pardonnées. Et il y a les fautes qu'on commet par volonté, sciemment, celles pour lesquelles le pardon est beaucoup plus difficile à obtenir. Et enfin il y a les fautes qu'on fait devant tout le monde, selon la formule talmudique « *Befarhécia* » : ces fautes-là sont impardonnables, car elles comportent l'idée de la provocation et de l'émulation. Manger à Kippour est grave. Mais manger à Kippour à la synagogue est innommable.

Mais pourquoi pas ?

Dans le fond, ce n'était qu'un problème entre moi et moi-même. Je n'étais pas aliénée par la loi, mais par ma décision d'obéir à la loi. Ce n'était que parce que j'acceptais ce système que j'en étais la victime. Si j'en sortais, j'éliminais le problème puisque je supprimais les données du problème. Mais cela demandait un gigantesque changement de perspective. Je contemplai cet horizon avec l'effroi de la tentation. La tentation de tout quitter. De me libérer, non de la loi, mais de moi-même, de retrouver Sacha, de faire un enfant avec lui, de vivre ma vie de femme, en dehors de tout. De vivre sans loi, sans coutumes, sans prières. Sans famille, sans communauté. Une existence normale, comme tout le monde. Manger, aimer, respirer, vivre, créer, procréer.

Le soir, c'était shabbat. Naomi était là. J'allumai les bougies en murmurant la prière et en mettant les mains sur les yeux. Comment ne pas le faire ? Comment aurais-je pu faire autrement ? Comment me renier moi-même alors que cette mise à l'épreuve ne faisait que confirmer l'ardeur de ma foi ? C'était en moi, présent comme une flamme qui ne s'éteint pas, une flamme miraculeuse qui me maintenait dans l'éveil. Ce lien avec mon peuple, ma culture, mes rituels était incassable. Et j'appartenais à l'histoire, l'histoire d'Israël. C'était comme une fenêtre ouverte sur un ailleurs qui me donnait le pouvoir de savoir qui j'étais, d'où je venais et où j'allais. Et je sentais l'âme vibrer en moi, cette âme discrète et passionnée qui avait accompli ce voyage, depuis la nuit des temps jusqu'à aujourd'hui. Et quand je disais ces mots : ma culture, mon histoire, mes traditions, mon peuple, j'étais fière, fière d'appartenir à ce projet plus fort que moi et qui me rendait noble et importante. Peu importe si certains représentants aujourd'hui ne sont pas à la hauteur. Je savais faire la différence entre la bêtise des hommes et la grandeur de notre culture. Perpétuer la flamme, l'esprit de ceux qui, dans les plus sombres heures, continuaient de dire : « Écoute Israël », ceux qui écrivirent le livre de la Lumière, au sein même des Ténèbres.

Je me rendis avec Naomi chez mes parents pour le dîner. Ma mère avait dressé la table, tout de blanc et d'argent, sur laquelle étaient les bougies du shabbat. Mon père bénit le vin, puis le pain. Nous étions seules avec eux ce soir-là. Je bus le vin, mangeai le pain que mon père avait rompu, accomplissant le geste. Il me regardait de son air plein d'aménité et de compassion. Ma mère s'agitait avec ses plats et son angoisse. Comme d'habitude, elle avait préparé un magnifique shabbat. Ils faisaient de leur mieux. Et moi ? Je ne devais pas, non. Je ne savais pas ne pas le faire.

Il fut un soir. Il fut un jour. Le shabbat s'éteignit avec les trois premières étoiles dans le ciel assombri. Mon père alors alluma la bougie, versa du vin dans la coupe, puis il prononça la prière de la Séparation. Il plaça ses mains sur nos têtes pour nous bénir. Petite, j'allais sur ses genoux, pour entendre sa prière, mon visage entre ses mains. Il priait pour que je trouve un bon mari. Nous avons senti le parfum de la cannelle, pour que la semaine soit douce. Puis Naomi éteignit la flamme de la bougie dans une petite assiette où l'on avait versé du vin. Et le profane remplaça le sacré.

28.

— Je ne te suis plus, dit Sacha en se rhabillant dans la chambre d'hôtel. Je sors de ton lit galvanisé par cette nuit d'amour passée contre toi. Ta peau m'enveloppe de chaleur et de désir. Je me réveille, affamé de toi. Mais sais-tu ? Si le bonheur est dans l'ivresse de la nuit, il est aussi dans les sourires des enfants et le quotidien d'une vie familiale. Tes murs sont vides de ces images. Je rêve de les en couvrir. Les autres images, celles de nos nuits d'amour, restent cachées comme un trésor, tant ce qu'elles décrivent est fort et sincère. Et tout cela ne vaudrait rien à tes yeux ?

Sacha et moi nous étions retrouvés en secret. C'était comme un rituel, une cérémonie. Le temps s'arrêtait. Tout s'arrêtait. Tout se taisait. Il n'y avait que nous, il n'y avait plus que ce qui se passait entre nous. Plus je m'abandonnais dans ses bras, et plus je découvrais dans l'immensité du plaisir d'être unie à lui, ce qu'est l'amour et ce qu'il n'est pas. La découverte de l'amour avec lui. Ou peut-être : la découverte de l'amour, avec lui. Une virgule peut tout changer. Cet espace-là, les peintres, les mystiques le connaissent. Et les autres, tous les autres, qui le vivent, ne savent pas qu'ils sont des mystiques. Comme celui qui fait de la prose sans le savoir, les amoureux sont des mystiques qui s'ignorent. Sans cesse, ils répètent leur prière, je t'aime, je t'adore, je te désire. Dans le manque, le creux, le souhait, ils trouvent une étrange volupté.

— Donne-moi la main, murmura Sacha, n'aie pas peur.

— Sois patient, murmurai-je. Cela va arriver.

— Je pense l'avoir suffisamment été, dit-il. Mais je crois, Anna, que tu n'as pas envie d'être avec moi. Sinon, tu agirais différemment. Et moi, je ne peux plus vivre comme ça. Ces retrouvailles, en cachette, dans des hôtels, c'est tout l'espace que tu nous laisses, alors que je ne peux plus vivre sans toi. Je te vois, de jour en jour, plus angoissée, mal dans ta peau, j'ai le sentiment de ne pouvoir rien faire, et cela me rend fou. Que se passe-t-il à la fin ?

Je ne pouvais plus me taire. Alors, enfin, je lui racontai tout. Le guet, le chantage, les rabbins, le terrible piège dans lequel j'étais. Sacha écouta, sans rien dire, il semblait abasourdi par ce que je lui révélais.

— J'ai beau essayer, dit-il, après un long moment de silence, je n'arrive pas à te comprendre.

— Je le savais, dis-je, c'est pour cette raison que je ne voulais rien te dire.

— Je sais comme tu as dû souffrir, et j'en suis désolé pour toi. Mais je ne peux m'empêcher de penser que tout ceci n'a pas de sens, Anna. Comment peux-tu te soumettre à une loi aussi injuste ?

— Quand on respecte un système de lois, on ne peut pas faire son marché. On prend le tout, ou on ne prend rien.

— Mais c'est une loi moyenâgeuse et tu le sais ! Alors pourquoi ne pas te révolter ? Il ne s'agit pas de loi divine, mais de loi des hommes.

— Je ne peux pas…, murmurai-je.

— Je peux accepter plein de choses au nom de la religion, mais je ne pourrai jamais admettre qu'elle empêche la liberté et qu'elle contraigne la femme… J'ai vu trop de femmes dans ces situations, lors de mes reportages… Tu dois te libérer, Anna ! Pas seulement d'eux, mais de toi ! Car enfin, tu as le choix ! Choisis-nous. Choisis la vie.

— Voilà, dis-je. Voilà exactement pourquoi je ne voulais pas t'en parler. Je savais que je m'exposerais à des leçons de morale de ta part.

— Pas des leçons de morale, mais des leçons de vie. Ou plutôt de survie… Ma mère était une enfant cachée : elle s'est fait arrêter par les nazis, elle a survécu par miracle, et tu me parles de bâtard juif ? Comment veux-tu que j'admette que les juifs eux-mêmes s'empêchent d'avoir des enfants ? Comment puis-je entendre de la bouche de la femme que j'aime qu'elle n'a pas le droit de porter mon enfant ? Ce n'est pas un crime, c'est une abomination ! Qui va nous conduire à notre perte.

— De quoi parles-tu ? C'est grâce à nous, les juifs religieux, s'il y a encore des juifs aujourd'hui. Si ça ne tenait qu'à vous, nous ne serions plus là depuis longtemps.

— Es-tu heureuse de ton choix ? Es-tu heureuse d'être emprisonnée par ta loi ?

— Pas par ma loi. Par des hommes qui la pervertissent et qui ne l'appliquent pas.

— Tu as peur, Anna. Mais de qui, de quoi ? Quand sortiras-tu de ce carcan qui t'empêche d'exister ?

— Tu ne peux pas t'empêcher de me mépriser au nom de ta laïcité. Mais qui es-tu pour me juger ? Pour nous juger ? Toi dont le fils n'est même pas juif !

Sacha me regarda fixement. Le temps s'arrêta. Il était trop tard. Il sortit sans même se retourner, et je restai seule, dans ma chambre, hébétée.

Ce que je perdis, ce fut lui. Mon ami et mon amant, l'ami charmant, l'amant envoûtant. Je ne sais plus qui rêve et qui ment. Le temps passant écrasa mon cœur palpitant. Je contemple ces instants, les plus beaux, les plus grands, où il disait, je t'attends. Le son de sa voix déchire mon cœur. J'ai perdu un ami et un amant. L'ami se désolant, l'amant se lassant ; qui rendra mon cœur vivant ?

La vie reprit son poids. Et chaque chose devint tourment, et chaque heure s'étendait vers l'infini. J'aurais voulu aller vers lui, le supplier de me reprendre, à ses pieds comme une esclave, comme une pauvre, dont il aurait pitié : cela me suffirait. De me reprendre, car il était ma vie, de me pardonner le mal que je n'avais pas fait, de me pardonner et d'oublier. De me reprendre au nom de ce que nous avions été, et reprendre celle qu'il avait aimée, puisqu'il m'avait aimée. De me reprendre comme on reprend un habit, de coudre mon cœur déchiré, de repriser les trous de ma vie, et il pourrait encore me porter. De me reprendre comme il le veut, de me reprendre à ses côtés : cela aussi me suffirait. De me reprendre par légèreté, par inadvertance, de me reprendre, même comme on prend ces maîtresses d'un soir, de me frôler dans un couloir. De me prendre par habitude, par lassitude, par sollicitude, par désuétude. Et même pour un instant, même pour un soir, pour une heure, une dernière fois : cela aussi me suffirait.

Il m'avait confié un jour qu'il serait là pour moi, si je désirais lui revenir, je n'aurais pas besoin de parler ni d'expliquer, d'un regard, il saurait. Même si les années passaient, il serait là. Ce ne sont pas les années qui passent, c'est moi qui vais passer ma vie à l'attendre. Et si un jour l'envie lui disait de me tendre la main, dans deux mois ou dans dix ans, je serais là, prête comme si c'était la première fois, comme si l'on ne s'était jamais quittés, figée pour l'éternité.

J'avais connu l'embrasement qui s'achève d'une façon pathétique, à moins de faire durer l'harmonique de ce qu'il y a de plus beau en amour : le commencement. Mais toutes les histoires d'amour commencent dans la mystique et se terminent dans l'économie et la politique. Le jour avait absorbé la noirceur de la nuit. Je n'arrivais pas à croire que nous avions été et que nous ne serions plus jamais. Je ne savais comment oublier, la glorieuse invitée, cette année où nous étions liés par les sentiments et les serments, les sensations de la passion. Et je ne savais plus comment vivre. Comment survivre, alors que je ne serais plus dans ses bras et que, plus jamais, il ne me chercherait dans ces endroits improbables où les traces de l'amour nous avaient guidés. Et qu'il murmurerait à d'autres oreilles ce que les miennes seules entendaient. Comment me détacher de la chair de ma chair ? Enfants l'un de l'autre, à la fois orpheline et veuve, comment ne plus l'aimer ?

29.

Simon était assis dans le bureau du Consistoire, l'air sombre, avec une étincelle de cruauté dans le regard. Quelque chose avait changé en lui, mais je ne savais pas quoi exactement. Sa peau grisâtre exhalait un mélange de fumée et d'odeur de renfermé, cette odeur que je reconnaissais sur Naomi lorsqu'elle rentrait de chez lui, le dimanche soir.

Après plusieurs appels du rabbin Benattar, Simon avait accepté de venir au Consistoire pour une confrontation. C'était le moment ou jamais de lui demander de me donner le guet. Éliane Élarar m'avait dit qu'il fallait essayer, même si les chances étaient minces. Le guet, de toute façon, valait mieux qu'une annulation.

Nous étions assis tous les deux sur des chaises, devant le bureau où siégeait le rabbin Altman, avec, à ses côtés, le jeune rabbin Soussan et le rabbin Benattar. J'étais là, habillée et coiffée simplement, maquillée : je ne voulais pas apparaître comme une femme défaite. Les rabbins nous considéraient comme s'ils avaient affaire à une simple querelle de couple.

— Monsieur et madame Attal, dit le rabbin Altman, nous vous avons réunis pour tenter de parvenir à un accord avec monsieur, afin qu'il puisse donner le guet à madame.

J'avais discuté pendant des heures avec Éliane Élarar sur la façon de lui présenter les choses. Je n'arrivais pas à trouver la bonne formule pour lui parler, sans qu'il se sentît contraint, obligé de donner le guet. Finalement, j'étais convenue avec Éliane Élarar de profiter de la présence des rabbins pour lui demander de signer une attestation spécifiant qu'il me donnait le guet. Ainsi, devant témoins, il serait pris au piège et ne pourrait plus refuser, bien que cette signature n'eût pas vraiment de valeur juridique.

— Je pense que le moment est venu de mettre le mot « fin » sur notre histoire conjugale et nous permettre, à tous deux, de commencer à panser nos plaies. Es-tu d'accord pour me donner le guet, Simon ?

Les mots s'étranglèrent dans ma gorge. J'avais du mal à déglutir. Des spasmes me tordaient le ventre.

Il me regarda, l'air mauvais.

— Bien sûr, je te le donnerai. Dès que nous aurons finalisé le divorce civil.

— Pourquoi mentir encore ? Il est finalisé. Nous avons un rendu de jugement, je te le rappelle, qui a été reporté sur le livret de famille.

Je sortis alors le rendu de jugement et le papier d'engagement que je lui tendis.

— Peux-tu signer ceci ?

Il prit le papier, jeta un coup d'œil et le mit dans sa sacoche.

— Bien, dit-il en se levant.

— Non, j'aimerais que tu signes maintenant, si cela ne te dérange pas.

— Tu ne me fais pas confiance ?

— Ce n'est pas un problème de confiance, c'est une manière de montrer ton accord, de t'engager, comme nous l'avons fait pour les autres formalités.

— Bien. Nous verrons cela plus tard.

— Quel est le problème, Simon ? Aurais-tu l'intention de refaire ta vie avec moi, pour me refuser le guet ? Ou de m'empêcher de pouvoir, à l'avenir, fréquenter quelqu'un d'autre ?

Il ne répondit pas. Il y eut un silence.

— Vous pouvez signer ce papier, intervint le rabbin Altman, puisque, de toute façon, vous avez l'intention de lui donner le guet.

Simon prit son manteau.

— Peux-tu m'expliquer ?

— Tu sais très bien ce dont il s'agit, marmonna-t-il entre ses dents.

— De quoi s'agit-il ? D'argent ? Je t'en ai donné. Je suis vraiment décidée à ce que nous nous dégagions de cette situation infernale et ce, le plus proprement possible. Si tu veux jouer au chantage, je peux le faire aussi, même si je le déplore.

— Et à quoi tu joues là ? Tu te crois en position de décider de quoi que ce soit ?

— Faut-il vraiment jouer ? Ou peut-on essayer d'être adultes ? Laisser une personne sans réponse relève de la cruauté mentale, dis-je en prenant à témoin les rabbins. Sinon, c'est vouloir maintenir son conjoint dans un état de dépendance psychologique. Je pense même que, dans ce cas, on peut parler de « terrorisme psychologique ». Je ne crois pas que tu veuilles te conduire en terroriste. Alors quel est ton problème, Simon ?

Il partit. Le rabbin Soussan me considéra, l'air narquois. Le rabbin Altman me regarda, contrit. Il avait compris. Et je savais, aussi, qu'il ne pouvait ou ne voulait rien faire pour moi.

Je sortis peu après. J'errai un moment dans la rue. Je ne savais pas du tout où j'allais. Je traversai, je faillis me faire renverser par une voiture. Il se mit à pleuvoir. J'entrai dans un café, au hasard. C'était une grande brasserie. J'étais hagarde et endolorie. J'avais l'impression qu'on m'avait battue. Les gens déjeunaient, sans prière, sans kasherout, sans kippa. Je m'assis à une table, au fond de la salle, et je me plongeai dans la lecture de la carte que le serveur m'avait apportée. Il n'y avait là que des aliments non kashers. Je commandai une bouteille de vin. Je regardai autour de moi. Tout semblait parfaitement normal. Le monde ne s'écroulait pas parce que j'allais boire du vin non kasher. Le serveur m'apporta une bouteille de bordeaux, me versa un verre, que je bus, d'une traite, pour me donner du courage. J'avais du mal à l'avaler et même à en sentir le goût. Je n'y arriverais jamais. Puis, il me vint l'image de Simon : « Le guet, tu ne l'auras jamais. » Alors, je me versai un deuxième verre de vin. Cette fois, je bus à grandes gorgées. Je ne parvenais pas à arrêter les larmes qui coulaient de mes yeux. Combien de temps s'était-il écoulé ? Les clients étaient partis. J'étais seule, à présent, sous l'œil impavide des serveurs. Le liquide gicla autour de ma bouche. Je me repaissais de mon propre sang. Je l'essuyai de ma serviette blanche, marquée de traces rouges qui me rappelèrent les taches que font les règles lorsque l'on introduit le linge immaculé pour voir quand la période interdite va se terminer. Les mains rouges, les joues dégoulinantes de larmes, de sang, de vin, j'étais en transe. Éreintée, au bord du malaise, je me levai en titubant, je me précipitai vers les toilettes où je vomis toute l'abjection de ce festin morbide – non pas celui que je venais de faire, mais celui qu'on me servait depuis plus de trois ans.

30.

Les voitures se pressaient les unes derrière les autres. Il régnait un froid mordant au cimetière, et il n'y avait pas beaucoup de monde, juste quelques amis et quelques parents. Je reconnus aussi des patients et la silhouette juvénile de la compagne de mon ex-mari. Je parcourus d'un œil distrait le nom des tombes du carré juif en me demandant d'où ils venaient. Je reconnaissais les patronymes, les ashkénazes, et les sépharades, côte à côte.

Et soudain, je la vis, celle où serait enterré Simon, et mon cœur se serra. L'espace d'un instant, je pensai aux moments où nous avions été ensemble. Ceux où il avait montré son visage avenant. Et les instants de gaieté. Et aussi la culpabilité de porter, d'une façon ou d'une autre, la responsabilité de sa mort, même si je savais que je n'en étais pas coupable. Mais comment ne pas m'attribuer sa déchéance d'après le divorce, et cette maladie étrange qui l'avait accablé ? Qui s'était soucié de lui ? Pas lui : il était son pire ennemi.

Je m'approchai avec Naomi pour entendre le sermon du rabbin qui prit la parole afin d'évoquer la figure de Simon, depuis sa naissance, jusqu'à sa mort. Naomi pleurait et je ne savais plus comment la consoler. Il allait falloir lui expliquer l'inexplicable. Je la pris dans mes bras. Comme tout me paraissait vain et dérisoire, désormais. Le combat que nous nous étions infligé. À quoi bon ? Ne fallait-il pas plutôt se résigner ? N'est-ce pas tout ce que nous pouvons faire dans l'effroi du Jugement dernier ? Soudain, les gens présents à l'enterrement prirent l'apparence des personnages de Michel-Ange, ces hommes nus, en apesanteur, qu'il avait peints dans sa grande fresque. Et tout autour, les rabbins devenaient ces prophètes vêtus de toges dont le rôle était de prévenir les hommes de ce qui les attend, afin qu'ils cessent de se laisser séduire par le Mal. Je n'aurais pas dû le détester, me disais-je. J'aurais dû comprendre. Sans doute sa méchanceté n'était-elle que le reflet de la haine qu'il avait pour lui-même. Et j'aurais dû accepter, j'aurais pu me résigner, sans attendre l'heure où justice serait rendue, car il n'y a pas de justice, juste des accidents, pas de mort, mais des incidents. Et nous sommes de passage dans un monde absurde où défilent des images et des signes.

Je me réveillai, le corps trempé de sueur. J'étais chez moi, seule, terrifiée par mon cauchemar.

Pendant un moment, je fus incapable de sortir. Où que je regarde, l'horizon me semblait barré comme les murs d'une prison. Je n'avais plus guère d'espoir dans l'annulation de mon mariage. À vrai dire, je me désintéressais de la question. Je ne voulais plus en entendre parler. Je me levais mécaniquement le matin, déposais Naomi à l'école, puis j'allais à la librairie. Parfois, je rentrais chez moi, où je passais la journée, avant de retourner chercher ma fille. Éliane Élarar m'avait appelée plusieurs fois. Je n'avais même pas eu la force de lui répondre.

— Vous ne pouvez pas me laisser sans nouvelles, dit-elle, lorsque je la pris enfin au téléphone. Je suis inquiète. Je sais ce que vous vivez… Je sais combien c'est dur et, parfois, on peut sombrer. Je sais aussi comme on peut être désespérée dans certains moments où on a l'impression que l'horizon est bouché et qu'il n'y a pas d'avenir. Je ne vous ai pas parlé d'autres cas plus difficiles que le vôtre. Allez, courage ! Vous ne pouvez pas tout abandonner maintenant.

Il y eut un silence. Sans laisser affleurer l'émotion, elle se reprit et me dit alors qu'elle avait organisé un rendez-vous avec le rabbin Eisenman qui devait défendre mon dossier auprès du tribunal rabbinique, en Israël, afin de procéder, peut-être, à l'annulation du mariage.

Je me rendis à l'hôtel Saint-James, rue de Rivoli, où se trouvait le rabbin Eisenman. Éliane Élarar était déjà là, qui m'attendait. Je pris place dans un fauteuil confortable du lobby. Il y régnait une odeur d'encens entêtante, qui me fit tourner la tête. Éliane me regarda, les yeux brillants.

Un homme, plutôt grand, svelte et avenant, portant une kippa noire, et vêtu simplement, s'approcha de nous.

— Anna Attal ?

— Rabbin Eisenman ?

— Oui…

Éliane et moi le regardâmes avec curiosité.

— Vous êtes surprise car je ne porte pas de barbe ?

— Eh bien oui, dis-je.

— Mais où est-il écrit que les rabbins doivent absolument porter une barbe ? répondit-il. Vous parlez hébreu ?

— Un peu, mais pas très bien, dis-je.

— Il va falloir que vous alliez en Israël, dit-il en souriant.

Le rabbin Eisenman se mit à parler rapidement. Éliane Élarar l'écoutait, en opinant de la tête et en émettant des remarques, en posant des questions, demandant des précisions sur des points de loi précis, dont la technicité parfois m'échappait. Le rabbin Eisenman voulait former un Beth Din constitué de trois rabbins compétents et orthodoxes. Ces personnalités, selon lui, pouvaient procéder à l'annulation de mon mariage, ce qui me rendrait libre selon la loi juive. Cette annulation reposait sur l'enregistrement de mon frère, stipulant que c'était moi qui avais acheté la bague avant le mariage, et la facture avec mon numéro de carte bleue. Je lui montrai la photo du profil de Facebook que j'avais fait tirer en couleurs. On y voyait le visage de Simon collé à celui de son amie, la jeune fille qu'il exhibait tel un trophée. Le fait que mon ex-mari était avec une femme au vu et au su de tous était la circonstance aggravante appelée dans le Talmud « *Befarhécia* ». La procédure devrait prendre encore quelque temps. Ce Beth Din se réunirait la semaine suivante. Je remerciai vivement le rabbin Eisenman, même si j'avais du mal à le croire. Il me fit un signe de tête en partant, comme pour m'assurer que je ne devais pas m'inquiéter.

— Pour la première fois, dit Éliane Élarar, après que le rabbin Eisenman fut parti, je suis optimiste. Et vous savez que d'ordinaire, je ne mâche pas mes mots. Mais ceci me paraît être une très bonne piste.

— Mais je ne comprends pas. Pourquoi fait-il cela ?

— Pour appliquer la loi.

— Il n'a pas d'autre intérêt ?

— Eh non. Et moi, pourquoi croyez-vous que j'aide les femmes qui sont dans votre cas ? Vous savez que je le fais gracieusement et bénévolement.

— Vous le faites pour quelle raison ?

Éliane Élarar me regarda d'un air étrange.

— Si notre loi juive n'est pas juste et humaine, dit-elle, elle ne vaut pas la peine d'être vécue.

31.

J'avais reçu une invitation de Sacha au vernissage d'une exposition auquel je n'étais pas allée, par peur d'y rencontrer du monde, et aussi de le revoir. Je décidai de m'y rendre en journée. Je pris un manteau, je descendis, fis quelques pas dans la rue. Mon cœur battait si fort que je crus avoir un malaise. Les murs des maisons se mirent à danser autour de moi. Je dus reprendre ma respiration pour me calmer.

Enfin, j'arrivai à la galerie. Je fus presque soulagée de constater que Sacha n'était pas là. Mon regard fut aimanté par les photos accrochées aux murs, tout autour de moi. Chaque artiste a son obsession, un idéal qu'il cherche à capturer par son œuvre et qui lui semble toujours hors d'atteinte, à travers des formes et des images, des regards et des gestes, des visages, ou encore la couleur.

Pendant un instant, j'eus le souffle coupé. Il y eut là, dans la contemplation de ces photos, quelque chose de proprement mystérieux. Quelque chose que j'avais du mal à définir, mais qui était, au-delà des mots, un renversement, ou un ravissement. Célébration du sens. Grâce dans le dénuement. Il me guidait vers un chemin que lui seul semblait connaître et dans lequel j'avançai à tâtons. Un endroit sacré où la lumière scrutait l'âme, la sortant des ténèbres. Une présence indéfinissable planait dans ces images, mais qu'il rendait réelle par sa lumière immatérielle. Dans ses ombres, se cachaient des secrets. Par le clair-obscur, il illustrait le monde, cherchant à représenter l'invisible. La lumière était la source et l'horizon de son désir, l'image de l'Absolu. Les yeux remplis de larmes, je regardais ces images en comprenant tout ce que je n'avais pas su voir. Je regrettais que Sacha ne fût pas religieux. Mais j'étais dans l'erreur. Il l'était sans le savoir ! Il était entré en prière. Il avait révélé les ombres.

Sacha avait pris des photos de rouleaux, de la Torah et des parchemins, d'époques anciennes et d'aujourd'hui, des contrats de mariage. Les parchemins étaient sculptés dans une lueur dorée qui leur donnait un relief, une matière, une puissance à la fois charnelle et surnaturelle. C'était tout un jeu de contrastes entre l'ombre et la lumière, sans couleurs, si ce n'était quelques teintes de rouge carmin, ici et là. Ces parchemins, ces kétoubboth étaient modelés comme des êtres vivants, dans une luxueuse simplicité. Je m'abîmai dans la contemplation de ces photos, je me perdis en elles, jusqu'à ne plus savoir où j'étais. Les lettres hébraïques se détachaient des peaux pour me parler, m'apporter un message d'amour, un message d'espoir, celui qu'elles n'auraient jamais dû cesser de me délivrer, car tel était leur sens originel.

À travers ses photos, je retrouvai la peinture de son âme et aussi de son cœur. Ainsi, me dis-je en séchant mes larmes qui coulaient, j'avais la certitude, maintenant, qu'il savait, qu'il avait tout compris de ce que j'étais en train de vivre. Par pudeur, par délicatesse, il l'avait tu, pour ne pas me gêner. Je me recueillis devant les photos, puisqu'elles étaient sa prière. « Sacha, murmurai-je. Mon amour. » Mon cœur se souvint du délice d'être grise à l'ombre de sa chemise, du parfum enivrant d'un soir qui unit ceux que la vie sépare. Je ressentais un besoin vital de lui, de sa peau, ses mains, son regard. Ce besoin était lié au vide, mais aussi à un réveil de tout mon être dans une tension presque insupportable, comme si j'étais aspirée vers lui, comme s'il m'était impossible d'être loin de lui, comme si un fil mystérieux nous unissait à travers l'absence.

32

Dans l'avion qui m'emmenait vers Israël, j'avais le cœur serré. Je partais pour être libérée. Mais le serais-je vraiment ? Les rabbins allaient-ils avoir le courage de prononcer l'annulation de mon mariage ? Ou allaient-ils se rétracter au dernier moment, victimes de la peur et du regard des autres ? Les motifs invoqués seraient-ils suffisants ? Et la circonstance aggravante selon laquelle mon ex-mari était avec une femme serait-elle prise en compte ?

J'avais rendez-vous le soir même, dans le lobby d'un hôtel, rue King-George, à Jérusalem. Je devais revoir le rabbin Eisenman afin qu'il me donne l'heure et le lieu du rendez-vous, dans la plus grande discrétion.

Lorsque je le retrouvai, il m'indiqua que les trois rabbins devaient se réunir pour décider de mon sort. Après, il m'appellerait, le cas échéant, pour que je puisse recevoir le certificat d'annulation.

Je marchai dans les rues de Jérusalem, dans l'angoisse et le doute. J'aimais la ville nouvelle, avec sa pierre blanche, sa végétation, ses hôtels et ses maisons. J'y trouvai une sérénité qui m'apaisa et des souvenirs de moments passés avant mon mariage, du temps où j'étais libre, mais je ne le savais pas : car la vraie liberté s'ignore. Elle semble aller de soi. On n'en prend conscience que lorsqu'on la perd ; et dès qu'on en prend conscience, c'est qu'on l'a perdue.

Mes pas, sans que je le veuille, me conduisirent vers la Vieille Ville, au mur occidental. C'était la nuit, il n'y avait personne. Le mur paré de lumière dorée se détachait dans le noir, comme une grande maison blanche. Une maison pour abriter les prières des cœurs en souffrance. Deux mille ans que le peuple juif avait construit sa vie, au gré des exils et des expulsions, des massacres et des exterminations. Deux mille ans qu'il tenait debout, malgré tout, par le génie de ceux qui avaient su, non pas perpétrer la loi mais la renouveler, l'amender et l'interpréter. C'était là que résidaient la vraie nature du judaïsme et sa liberté fondatrice. Aujourd'hui, plus que jamais, nous étions en péril, non pas à cause du monde extérieur, mais parce que certains rabbins orthodoxes avaient oublié qu'ils étaient juifs : c'est-à-dire des êtres assoiffés de liberté. Cette liberté chèrement acquise, depuis la sortie d'Égypte : notre récit fondateur.

Enveloppée par la nuit, je mis ma main sur le mur blanc et, sous la rugosité de sa caresse, je me réconciliai avec moi, avec la vie, la douceur, l'attention. Nuit pleine de promesses. Nuit musicale et sereine, familière, intime. J'avais l'impression d'être un enfant battu qui soudain se retrouvait dans un foyer aimant, déboussolé. J'étais de retour d'une mer agitée pour entrer dans un bassin d'eaux douces et chaudes. Je revenais d'un champ de guerre plein de mines pour retrouver la maison.

Je priai, dans l'effroi, dans l'espoir et l'impatience, pour trouver l'apaisement, relever le front et le menton en face de mes ennemis. Que je cesse d'être déshonorée. Que je puisse un jour avoir ce que je désire plus que tout au monde. J'écrivis mon vœu sur un petit papier que je glissai dans les interstices du mur.

J'y restai jusqu'à l'aube, puis je repartis vers mon hôtel, alors que les lueurs du jour éclairaient la pierre dorée et les petits groupes de hassidim qui venaient faire leurs prières du matin.

33.

Ils étaient là, tous les trois, dans le lobby de l'hôtel. Ils m'attendaient. Lorsque je m'avançai vers eux, ils me scrutèrent attentivement. Il y avait le rabbin Eisenman, le rabbin Epstein et le rabbin Elfassy. Le rabbin Epstein était un homme d'une quarantaine d'années, aux cheveux roux et aux longues papillotes, le rabbin Elfassy, qui pouvait avoir soixante ans, avait la tête recouverte d'une large kippa noire. Trois hommes représentant l'orthodoxie juive, chacun à sa manière. Deux ashkénazes, un sépharade. Était-il possible que ces hommes très pieux, vêtus d'une façon simple, ces hommes aux regards bons et intelligents, aient pu entendre ma plainte?

Sur la table, devant eux, était un papier. Un simple papier que le rabbin Eisenman me tendit.

— Voici l'annulation de votre mariage, dit-il.

Je pris le papier d'une main tremblante, alors que je tentais de refouler les sanglots qui montaient dans ma gorge.

— Il est inscrit dans ce texte que votre mariage est annulé.

Je le regardai; des larmes coulaient le long de mes joues.

— Ce papier est tout à fait valide selon la loi ?

— Tout à fait. Cependant, je dois vous prévenir que le Consistoire français pourrait refuser de le reconnaître.

— Pourquoi ?

— Pourquoi ?

Il eut un sourire.

— Parce qu'ils se perdent dans des querelles de bureaucrates.

— Cela veut-il dire que, si j'ai un enfant, il ne sera pas un mamzer ?

— Oui, dit le rabbin Eisenman.

— Vous êtes libre ! dit le rabbin Epstein.

— Si vous voulez, et si vous trouvez quelqu'un de bien, je peux vous marier demain ! ajouta le rabbin Elfassy.

— Merci, dis-je. Merci, de tout cœur.

Je me sentais légère. J'avais en bouche le goût de la liberté. Oui, j'étais libre, et je me tournais de tous les côtés pour voir si cela se remarquait sur mon visage. J'avais l'impression que la vie s'offrait de nouveau à moi, à perte de vue. J'avais envie de chanter, de danser, de courir, comme une enfant qui apprend à marcher.

— Merci, répétai-je.

— Vous n'avez pas à nous remercier, dit le rabbin Elfassy. Nous n'avons fait que notre travail, en appliquant la loi.

— Vous êtes heureuse ? demanda le rabbin Eisenman.

— Oui.

— Vous pouvez l'être. Vous êtes libérée, Anna.

34.

Je me rendis au Consistoire où j'entrai en faisant un signe à ceux qui en assuraient la sécurité. Je montai les escaliers vers la pièce où devait se dérouler la procédure. Simon avait pris place dans la salle d'attente. Il me dévisagea comme il avait l'habitude de le faire chaque fois qu'il me voyait. Je sortis pour patienter dans le couloir.

En rentrant d'Israël, j'avais eu la surprise de découvrir que j'étais convoquée par le Consistoire pour la procédure du guet. Est-ce que Simon avait su ce qui se passait ? Est-ce qu'il avait capitulé ? Avait-il eu vent de mon annulation ? Sinon, qu'est-ce qu'il lui avait pris ? Le rabbin Altman du service des divorces m'avait appelée pour me convaincre de venir au Consistoire. Je lui avais expliqué que mon mariage avait été annulé par un tribunal rabbinique orthodoxe en Israël. Il s'était mis en colère, m'avait alors répondu que le Consistoire français ne reconnaissait pas l'annulation, et que j'avais tout intérêt à venir chercher mon guet, puisque, enfin, mon mari s'était décidé à me l'accorder.

— Qu'est-ce que vous avez à perdre ? me demanda-t-il. Vous aurez le guet, c'est mieux que l'annulation, qui de toute façon ne sera pas valide à nos yeux.

Devant sa pression, celle de mon frère, et aussi celle de mon père, j'avais cédé à sa demande.

Enfin, arriva le rabbin Benattar, fébrile, l'air d'être dépassé par les événements. J'entrai dans le bureau, talonnée par Simon. Je gardai le large manteau que j'avais mis avant de venir. On ne voyait pas mon corps. Le rabbin Altman et le rabbin Soussan étaient assis derrière le grand bureau. À droite, à côté, se trouvaient deux autres rabbins, les témoins. L'un d'eux, qui dodelinait de la tête, avait les yeux presque fermés. Ils me demandèrent de sortir de la pièce. Simon resta avec les rabbins pendant un moment qui me parut interminable. De la salle où j'étais, j'entendis des éclats de voix. Que se passait-il ? Simon se faisait-il sermonner par les rabbins au sujet de ce qu'il m'avait fait subir ? Enfin, on me dit d'entrer.

Alors je le vis, dans les mains du rabbin Benattar. Le guet. Plat, plié, ainsi que le veut la loi, en forme d'avion comme le font les enfants avec du papier. Ce morceau de parchemin que j'avais eu tant de mal à obtenir. En le considérant, je fus envahie de colère. Pourquoi avait-il fallu en passer par autant d'épreuves alors que cela paraissait si simple ? Et pourquoi les rabbins me considéraient-ils d'un air aussi bizarre ? Le rabbin Benattar baissait la tête comme s'il ne voulait pas croiser mon regard.

Il demanda à Simon de décliner son identité. Il l'interrogea avec insistance, sur son nom, et son surnom, ainsi que celui de son père. Puis il me posa les mêmes questions. Il me dit d'enlever toutes mes bagues, ce que je fis, et aussi de me couvrir la tête. Un panier à foulards était posé sur la table. Je pris un fichu que je nouai autour de mon visage. Puis il me dit de rapprocher mes mains de façon à ce qu'elles soient jointes, à la manière d'un V, et ouvertes, les doigts écartés.

Je suis debout, les mains ouvertes, Simon est devant moi, le guet à la main. Il doit me le jeter, pas me le tendre : pour bien montrer son vouloir et son pouvoir.

Éliane Élarar m'avait prévenue : ce n'est pas un divorce, c'est une répudiation.

Nous sommes debout l'un en face de l'autre, au milieu des rabbins. Et là, il se passe quelque chose d'infiniment curieux que j'ai du mal à appréhender. Comme dans un film au ralenti, Simon lâche le guet. La feuille de parchemin, pendant un instant, me paraît suspendue dans l'air avant de retomber, légèrement mais sûrement, entre mes mains et de loin en loin, j'entends ces mots :

« Voici ton guet. Maintenant je te répudie, je t'abandonne afin que tu sois libre et maîtresse de toi-même. Et te voici permise à tout homme. »

Puis, comme à travers un épais brouillard :

« À tout homme… sauf à Sacha Steiner. »

Je regarde alors le papier que j'ai en main. Tremblante, je parcours le document sans y croire, jusqu'à ce que mon regard s'arrête sur un nom écrit en hébreu que je reconnais sans peine. Et je comprends confusément que Simon s'est assuré que je ne pourrai plus jamais épouser l'homme que j'aime.

Je sors de la pièce. Je fais quelques pas vers les escaliers. Tout se met à tourner autour de moi. Je chancelle. Mes mains sont moites. Je sens le sang se retirer de mon visage. Je tremble de tout mon corps et je suffoque. Je m'assieds sur les marches, hagarde. Une secrétaire qui passe par là me dit de venir avec elle. Je monte un étage. Elle me donne un verre d'eau et un sucre. Où suis-je ? « Vous êtes dans le bureau du Grand Rabbin de France. »

35.

Je frappai à la porte. Il était là, en train d'écrire, penché sur son texte. Cet homme assez âgé, à la barbe blanche, au regard sombre et altier, leva vers moi un visage plein d'interrogation.

— Monsieur le Grand Rabbin de France, dis-je en un souffle.

Je pensai à ce jour de Kippour, durant lequel Simon m'avait annoncé que je n'aurais jamais le guet. Avant que le soleil se couche, j'étais allée à la synagogue avec Naomi. J'avais marché dans la rue, habillée de blanc et avec mes chaussures en toile, trop légères pour porter le poids de mon corps. J'étais montée à l'étage des femmes. J'entends encore la prière. Tous les vœux, tous les engagements étaient abolis. Il y a les vœux qu'on efface, il y a ceux qu'on n'efface pas. Il y a les fautes commises devant la loi, et celles commises devant son prochain. Et celles commises envers soi-même. Il y a les fautes qu'on fait par volonté de faire le mal, et il y a celles qu'on fait par inadvertance. Comment me faire pardonner celle que j'avais commise en pleine conscience, par un choix délibéré ? L'adultère : le plus beau moment de ma vie. Grâce et pitié. Comment me faire pardonner ce que j'avais tant de peine à regretter ?

Je pensai à mon père, courbé sur son parchemin, la tête recouverte de son châle de prières. À ma mère, qui pétrissait les pains du shabbat dans sa cuisine, un foulard sur la tête. À mon frère, caché derrière sa femme, le regard perdu dans le vague, avec ses enfants. Et à Simon, serein au jour du Décret, qui siégeait à côté du rabbin. Et je compris enfin pourquoi il priait avec tant de ferveur et quel était le sens de son sourire. Son côté double, son air avenant et dévôt, sa façon de se servir du Bien pour faire le Mal, son détournement pervers de la loi, sa recherche implacable du néant. Je savais maintenant qui il était. Le Diable est homme et l'homme est diabolique.

— Monsieur le Grand Rabbin de France, commençai-je, mon cas n'est qu'un cas parmi d'autres de chantage au guet. Ce chantage s'exerce dans deux directions. Soit, par le refus de délivrer le guet à une épouse alors que le divorce civil a été prononcé, afin d'entraver sa vie et de l'empêcher de refonder un foyer et d'avoir un enfant. Soit, par le refus de donner le guet à une épouse alors que la procédure du divorce civil est engagée, dans le but d'exercer un chantage financier, moral ou sur la garde des enfants, en influant sur le divorce civil. J'ai eu droit à ces deux formes de chantage de la part de mon ex-époux, Simon Attal. Pendant trois ans, durant la procédure et après le divorce civil, Simon Attal a refusé de me donner le guet.

J'étais debout devant lui. Il s'était arrêté d'écrire, et il m'écoutait, l'air concentré, sans me quitter du regard.

— Monsieur le Grand Rabbin de France, poursuivis-je, ces hommes se servent du judaïsme contre la femme juive, ces maris se servent du guet pour asservir les femmes. Et ce calvaire n'est pas infligé seulement par ces hommes mais par les représentants actuels du judaïsme : responsables passifs ou actifs de cette abomination, cette torture psychologique, physique et morale des femmes aujourd'hui.

« Pardonnez-moi de vous poser la question. Croyez-vous que ce soit normal ? Croyez-vous que nous avons des leçons à donner aux autres ? C'est une honte pour nous. C'est une honte pour vous.

« Bien sûr, je n'en veux pas aux maris qui font du chantage au guet, mais j'en veux davantage aux rabbins qui encouragent ce chantage et soutiennent ces hommes dans leurs exigences. Avez-vous pensé à tous les enfants qui ne verront pas le jour parce que leur mère était prisonnière de son époux ? Et à tous les bâtards, comme vous les appelez, qui naissent au sein de notre peuple ? Bientôt, nous serons un peuple de mamzers !

« Monsieur le Grand Rabbin de France, un homme vient de sceller mon sort de femme, de mère et d'épouse.

— Je sais, murmura-t-il, en un souffle. Je sais tout ce que vous me dites. Mais je ne peux rien faire pour vous.

— Si, dis-je. Si, vous le pouvez. Vous pouvez encore accepter l'annulation de mon mariage. Et déchirer le guet.

— Peu importe ce que je pense et quels sont mes sentiments en ce moment même, murmura-t-il. Ma fonction ne me permet pas de les exprimer. Pour le reste, je ne peux pas perdre ma crédibilité auprès de ceux que je représente et qui m'entourent. En d'autres termes, ajouta-t-il en levant les yeux vers moi, si je vous aide à faire ce que vous me demandez, je suis un homme mort.

Mon cœur tressaillit. Mon âme sursauta. Je reculai d'effroi. En me cognant contre une chaise, mon manteau s'ouvrit. Et je vis dans son regard qu'il avait compris. Me voici au début, au commencement. Il y a les vœux qu'on efface. Et ceux qu'on n'efface pas : ceux qu'on a contractés avec la vie. Les enfants, par exemple, sont des vœux qu'on n'efface pas.

Je posai alors la main sur mon ventre rond où s'agitait déjà mon enfant : le bâtard de Dieu.

Du même auteur :

Aux Éditions Albin Michel

La Répudiée, 2000.
Qumran, 2001.
Le Trésor du temple, 2001.
Mon père, 2002.
Clandestin, 2003.
La Dernière Tribu, 2004.
Un heureux événement, 2006.
Le Corset invisible, avec C. Bongrand, 2007.
Mère et fille, un roman, 2008.
Sépharade, 2009.
Une affaire conjugale, 2010.
Le Palimpseste d'Archimède, 2013.

Chez d'autres éditeurs

L'Or et la Cendre, Ramsay, 1997.
Petite métaphysique du meurtre, PUF, 1998.
Le Livre des passeurs, avec A. Abécassis,
Robert Laffont, 2007.

Le Livre de Poche s'engage pour
l'environnement en réduisant
l'empreinte carbone de ses livres.
Celle de cet exemplaire est de :
200 g éq. CO_2
Rendez-vous sur
www.livredepoche-durable.fr

PAPIER À BASE DE
FIBRES CERTIFIÉES

Composition réalisée par DATAGRAFIX

Achevé d'imprimer en avril 2013 en France par
CPI BRODARD ET TAUPIN
La Flèche (Sarthe)
N° d'impression : 73012
Dépôt légal 1re publication : mai 2013
LIBRAIRIE GÉNÉRALE FRANÇAISE
31, rue de Fleurus – 75278 Paris Cedex 06

31/7549/4